京都 梅《うめ》咲《さき》菖蒲《あやめ》の嫁ぎ先

望月麻衣

PHP
文芸文庫

○本表紙デザイン＋ロゴ＝川上成夫

目次

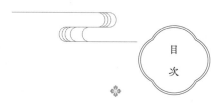

——ほら、見てごらん、菖蒲《あやめ》。

あそこに、凛々《りり》しい少年がいるだろう?

それはわたしがまだ、十歳の頃。

宮家主催の茶会でのことだった。

縁側で休んでいると、父がわたしの肩に手を載せ、中庭の向こうに見える小さな茶室に視線を送った。

茶室には、静かに茶を点《た》てる少年の姿があった。

凛《りん》とした佇《たたず》まいもさることながら、とても整った容姿をしている彼の姿は通りゆく人たちの視線を攫《さら》っていた。

わたしも他の皆と同様に、目を離せずにいると、父が静かに告げた。

——おまえの許嫁《いいなずけ》だよ。

彼の名前は、桜小路立夏《さくらこうじりっか》。

親同士が決めた政略結婚の相手で、わたしより五つ年上の十五歳だった。

艶《つや》やかな黒髪に、涼しげな双眸《そうぼう》、通った鼻筋はまるで、絵巻に出てきそうな美しさであり、幼いわたしは一目で恋に落ちた。

時は、大正。

これは、小さな恋の物語。

第一章　わたしの許嫁《いいなずけ》

1

我が梅咲《うめさき》家は、由緒と曰《いわ》くがある。

由緒は正しい。梅咲は、賀茂《かも》神社縁《ゆかり》の賀茂家の流れを汲《く》む、神の力を継承する家だ。

神の力——それは『八咫烏《やたがらす》の力』のこと。

賀茂家は、八咫烏の子孫と伝えられている。

それは、古《いにしえ》の話。

神武《じんむ》天皇が、熊野《くまの》国（和歌山）から大和《やまと》（奈良）へ向かう際のこと。

賀茂家の祖先である賀茂建角身命《たけつのみのみこと》が、三本の足を持つ烏——八咫烏に姿を変えて、道案内をしたという逸話《いつわ》からきている。

それは、ただの言い伝えなどではなく、実際、八咫烏の子孫の中に特別な力を持つ者が誕生していた。

その力の出方は、様々だ。

見鬼《けんき》の力を持つ者、予知の力を持つ者、芸術的才覚を持つ者や、学問に秀でた才能となって顕《あら》われる者もいる。

これらの力は、都を護《まも》る四神《しじん》、青龍《せいりゅう》、朱雀《すざく》、白虎《びゃっこ》、玄武《げんぶ》の名で表わされている。


見鬼の力を持つ者は、鬼を滅する虎の力も併《あわ》せ持つと言われ、『白虎』と、予知の力を持つ者は、龍神の言葉を受け取るとされ、『青龍』と、音楽や和歌、芸術的な才能を持つ者は、孔雀《くじゃく》のように美しい『朱雀』と、学問や商才に長《た》けた者は、繁栄と長寿を作っていく『玄武』と称されている。


梅咲の曰くは、秀でた才覚、つまりは『玄武』の力が凶と出たものだ。

先祖に、梅咲規貴《のりたか》という者がいる。

梅咲規貴は、江戸後期の学者だった。大変優秀であり、神道《しんとう》、暦学《れきがく》、陽明学《ようめいがく》を学び、やがて賀茂家――八咫烏一族に伝わる、『烏傳神道《うでんしんとう》』を読み解き、自分の解釈を交えた『烏傳教《からすづたえのおしえ》』を説《と》くようになる。

梅咲規貴が伝えた『烏傳教』がどういうものなのか、今はタブーとされているため、菖蒲にはよく分からない。

当時は多くの民衆の心をつかみ、信者は数千人にも及んだという。

だが、梅咲規貴は世を乱す悪人として捕らえられた。

離島に流罪《るざい》となり、その地で没したという。

残された梅咲の人間――菖蒲の曽祖父や祖父、そして父は、家の評判を立て直すのに必死だった。

世が、慶応から明治に変わった時、由緒正しい家には爵位《しゃくい》が与えられた。

賀茂家は公爵《こうしゃく》となったが、流刑《るけい》者を出した梅咲家は別だった。

これを不満とした祖父は人生のすべてをかけて、梅咲家の誇りを取り戻そうと決めたようだ。

祖父と父には、梅咲家に伝わる『玄武』の力が、人並外れた商才があった。

瞬《また》く間《ま》に日本で指折りの大富豪となり、明治時代後期に国家への勲功《くんこう》によって男《だん》爵《しゃく》となった。

努力の末、華族の一員になった梅咲家だが、他の華族からは、『金で爵位を買った新華族』と揶揄《やゆ》されることも少なくなかった。

財産はあり、本当なら由緒もあるのに、蔑《さげす》まれることが多かった父は、伯爵《はくしゃく》である『桜小路家』との縁談に並々ならぬ力を注いだ。

桜小路家は今や血族というにはためらうほどの遠縁であるが、古くから賀茂家に仕えてきた家だ。

賀茂家の近しい血族といえる梅咲家は賀茂家の『右腕』、桜小路家は『左腕』と呼ばれて、この二つの家は昔から対立している。

特に桜小路家の方が、常々梅咲家を追い越したいと思っていたという。

また、桜小路家は音楽や美的感覚に秀でた『朱雀』の力が強いことも対立の要因の一つだったのでは、と言われている。というのも、学術の『玄武』の力と、芸術の『朱雀』の力は、反発することが多いそうだ。

昔から桜小路家は、梅咲家を『勉強ばかりを好む野暮《やぼ》な堅物』と鼻で嗤《わら》い、それを受けた梅咲家は、『生きていくのに役に立たない能力よりも良い』と返していた。

そのため、梅咲家が失脚した時、桜小路家は手を叩いて喜んだという。

これで、桜小路家の独擅場《どくせんじょう》だと。

しかし、そんな桜小路家も、今や梅咲家を嗤えない状況になっていた。

高尚な趣味に財をつぎ込んでしまい、没落の危機に晒《さら》されているという。

その様子を見ていた父が、桜小路家に『今こそ我々が手を取り合う時が来たのではないか』と縁談を持ち掛けた。

梅咲家は、桜小路家との縁談を纏《まと》めることで、名誉を回復し、陞爵《しょうしゃく》――爵位が上がることも期待できる。

桜小路家は、資産家の梅咲家の援助で没落を免《まぬか》れる、ということだ。

桜小路家としては何かと対立してきた梅咲家の助けになるのは癪《しゃく》だったようだが、今は背に腹は代えられぬ状態だ。

何より、志は同じ、賀茂家に仕える家同士だ。

さらにその昔、梅咲家にも『白虎』や『青龍』の力を持つ者がいたという。

そんな梅咲家の者を迎えることで、何らかの反応が起きて、新たな力が誕生するかもしれないという期待も桜小路家にはあったそうだ。

そうして、末の息子ならばと、三男・立夏《りっか》との縁談を了承した。


――縁談が纏まったのは、菖蒲《あやめ》がまだ十歳になったばかりの頃。

十六になった時に、桜小路家に入ることが決まっていた。

大人の事情はよく分からない。

流刑にされた先祖のことや、対立する家、他の華族からの不遇《ふぐう》な扱いなど、子どもの菖蒲には、ピンとこなかった。

実際、菖蒲は今、東京の女学校に通っているが、クラスメイトたちは『梅咲』の名を聞いても特に反応はない。

そもそも、誰一人として梅咲規貴のことを知る者はいなかった。

今の女学生たちは、そんなことに興味はないのだ。

女学校での話題は、恋とファッション、そして『能力の発現』についてだ。

明治の世になってから改革が起こり、賀茂家の選ばれし者が持つような、特別な力を持っている者を『神子《みこ》』と呼び、立場が与えられるようになった。

というのも、特別な力を持つ者は、天の力を授かりし者とみなされるためだ。

その力で国のために尽くすよう政府より指令が下り、『神子』と認定を受けた者は、家柄、生い立ち等、一切関係なく、侯爵《こうしゃく》の位が与えられる。

しかし、認められる力は、『白虎』と『青龍』のみ。つまり、見鬼や予知といった特殊なものだけ。

音楽的才能や優れた美的感覚などの『朱雀』、学問や商才の『玄武』の力は含まれず、父は除外者だ。

幼い頃、四神の力を持っていたとしても、成長と共に薄れる者が大半だという。

そのため、元服の頃——齢《よわい》十三になっても四神の力を保持していた場合、『神子』として正式に認められる。

ごく稀《まれ》に十代半ばになってから発現する者もいて、そうした者は、賀茂家の『審《さ》神者《にわ》』のお墨付《すみつ》きをもらえれば、即座に認定された。

だが、そうした者は滅多におらず、特に十八を越してから発現する者はまずいないという話だ。

まだ十四、十五の多感な少女たちは、『もしかしたら、自分は明日にも特殊な能力が発現するかもしれない』と、まるで恋に落ちるのを待つかのように、目を輝かせて期待していた。

菖蒲は、皆とは違い、能力の発現は諦《あきら》めていた。

それは、八つ年上の兄・藤馬《とうま》を見てきたからだ。

梅咲家の一人息子である兄は、幼い頃、『白虎』の力を持っていた。

そのため、父をはじめとした家の者たちに期待され、訓練され、祈禱《きとう》を受けるも、成長と共に能力が薄れ、結局『神子』にはなれなかった。

父の失望を目《ま》の当たりにした兄は、十八の誕生日を迎えた翌日、家を出てしまい、今も行方《ゆくえ》知れずだった。

それから父の期待は、菖蒲に移された。が、菖蒲も能力が発現する兆《きざ》しはなく、

『おまえは、花嫁修業をがんばりなさい』

と、父は少し諦めた面持ちで、そう言う。

菖蒲は、いつも素直に『はい』と答えて、花やお茶、箏《こと》の稽古に励んだ。

そうして、菖蒲は十五歳になっていた。

十歳の時に彼を見て恋に落ちてから、五年。

その後、彼とは、一度も会ってはいない。見掛けたこともなかった。

それでも、菖蒲の気持ちは変わっておらず、あと一年で彼の妻になれるのかと思うと、一日が長く感じられて仕方なかった。

2

「――痛っ」

惚《ほう》けながら裁縫をしていた菖蒲は指先に針が刺さったことで、我に返って眉根を寄せる。

白い人差し指の先から、ぷっくりと血が滲《にじ》んでいた。

菖蒲は、ふぅ、と息をついて、指先をハンカチで押さえる。

まるで応接室のような洋風木造建築の中、綺麗な黒板と学習机が規則正しく並んでいる。午後の日差しが教室を眩《まぶ》しく照らしていた。

ここは菖蒲が学んでいる女学校。

教師の姿はなく、裁縫の自習時間だった。

「もう、菖蒲様ったら、またボーッとしてる。また、自分が京都へお嫁に行く日のことを考えていたんでしょう」

隣に座る学友が、にんまりと笑って、菖蒲の顔を覗《のぞ》いた。

カァッ、と頬《ほお》が熱くなり俯《うつむ》く菖蒲に、皆は微笑《ほほえ》ましそうな顔をした。

「でも、私ならとても耐えられないわ」

学友は頬杖《ほおづえ》をつき、息を吐くように言った。

菖蒲はそっと小首を傾《かし》げる。

「耐えられないって？」

「今時、親の決めた相手と政略結婚だなんて、このハイカラな時代にナンセンスだと思わなくて？　もう、デモクラシーの世なんですのよ」

話を聞いていた他の学友たちも、うんうん、と強く同意する。

「私も政略結婚が決まっているのですけど、いっそ誰かと恋に落ちて、駆け落ちしたいくらいですわ」

そんな大胆なことを言い出す学友までいて、菖蒲は少し圧倒されて目を開いた。

「菖蒲様は嫌ではないの？」

「あなたのような愛らしい器量の持ち主なら、許嫁よりも、もっと素敵な殿方《とのがた》に見《み》初《そ》められるかもしれなくてよ」

「そうそう、位《くらい》の高いお家のご子息は、時にお顔立ちが残念なことがあって」

さらに今度は、禁句に近いことまで言い出した学友に、他の皆はギョッとしつつも、笑わずにはいられないと吹き出した。

笑い声が響くなか、菖蒲ははにかむ。

「……わたしは、十歳の時にあの方を見掛けてから、もうずっとお慕《した》い申し上げてるのです」

少しでも良妻になりたいと、さまざまなことをがんばってきた。

彼の隣に立って恥ずかしくないようにと、自分も美しくありたいと努力してきた。

その努力が実っているかは、分からないけれど……。

親同士が決めたとはいえ、彼のような方の妻になれることに、不満なんてなにひとつない。

立夏の姿を思い浮かべ、菖蒲は胸の前でギュッと拳《こぶし》を握りしめる。

そんな菖蒲の姿を見て、学友たちは、ふふふ、と笑った。

「そうなのね、菖蒲様は本当に幸せものね」

「私も親の決めた相手に恋が出来れば良いのですけど」

「それが一番ですわよね。それが叶わないなら、私は能力の発現を願うわ」

そうそう、と皆は一同に首を縦に振る。

「『神子《みこ》』になれば、女性でも高い地位を得られて、自分の望む方と結婚できるという噂よね」

「さすがに、それは大袈裟《おおげさ》じゃない？」

「そうとも言えないわ。華族の庶子《しょし》が、十四で発現して一族のトップに立ち、宮家との縁談を結んだという話がありますもの」

菖蒲は、なんとなく相槌《あいづち》をうちながら、皆の話を聞く。

「でも、能力が発現した振りをしたって噂もあるわよね」

「それはやっかみよ。『審神者』には、口から出まかせは通用しないんだから」

そうなのだ。

賀茂家には、『神子』を判別する者――『審神者』がいる。

いかさまはたちどころに見抜かれてしまうのだ。

菖蒲も一度だけ、賀茂家の『審神者』を見掛けたことがある。

水干《すいかん》に烏帽子《えぼし》と、まるで神主のような出で立ちであり、顔は雑面《ぞうめん》で隠されていて、人とは思えぬ気高《けだか》い雰囲気を纏っていた。

『審神者』は、『神子』を統括する者たちだ。『白虎』と『青龍』の力を併せ持ち、なおかつそれ以外の大きな力を持つ者だけがなれるという。

そんな『審神者』が仕える存在、それが『斎王《さいおう》』だ。

『斎王』は四神の力よりもさらに強い、『麒麟』の力を持っているという。

元々、『斎王』とは伊勢神宮《いせじんぐう》や賀茂神社に奉仕した未婚の内親王を指していたが、現在は特別な力を持つ選ばれし者をそう称していた。

だが、過去二十年間——斎王は誕生していないそうだ。

「菖蒲さんったら、どうされましたの？」

ぼんやりしていた菖蒲は、クラスメイトの声に我に返って、顔を上げた。

「ごめんなさい。能力の発現なんてわたしには縁遠い話だと思ってしまって」

「菖蒲さんは、能力云々《うんぬん》よりも、お嫁入りの方が魅力的なんですものねぇ」

また冷やかされて、菖蒲の頰が熱くなる。

いつしか裁縫もそっちのけで談笑していると、がらりと教室の扉が開いた。

急に入ってきた女性教諭の姿に、皆は慌てて、裁縫を再開する。

「梅咲さん」

名を呼ばれて、菖蒲はぎくりとしながら、はい、と答える。

「すぐに、校長室まで来てください」

今まで、菖蒲は校長室に呼ばれたことなどない。

どうしたというのだろう？

緊張を感じながらも、分かりました、と教室を出た。

「――失礼いたします」

頭を下げて、校長室に足を踏み入れる。

そこには、いつも厳しい目をした女性校長と、父・梅咲耕造《こうぞう》の姿があった。

「お父様」

菖蒲は驚きと同時に、嫌な予感がして口に手を当てる。

「どうなさったのですか？　もしかして、お母様の具合でも？」

菖蒲の母・香純《かすみ》は病弱だった。

母の身に何か起こったのかと訝《いぶか》ると、父は、いやいや、と首を横に振る。

「大丈夫だ、香純は元気にしている。わたしは、迎えにきたんだ」

「迎えにって……わたしをですか？」

戸惑《とまど》いながら問うと、校長が、そうです、と答える。

「梅咲さん、あなたは今日限りで、この学校を退学することになります」

彼女は少し残念そうに、それでも笑みを浮かべてそう続けた。

「えっ、わたしがなにか？」

菖蒲は目を泳がせて、父と校長を交互に見る。

「今からおまえは、わたしと共に京都へ行き、そしてそのまま桜小路の家に入ることになったんだ」

父はにこりと目を細めて、そう言った。

一年も早く、桜小路家に入る。

思いもしていなかったことであり、嬉しさよりも先に、戸惑いの方が勝った。

「──ですが、わたしはまだ十五で……」

「分かっているよ。正式な婚姻は十六になってからだが、互いの家の絆《きずな》を深めるために、今のうちから花嫁修業してもらうことになったんだ。一生懸命《けんめい》、勉学に励んでいたというのに、すまないね」

父は、少し申し訳なさそうに眉を下げて、口髭《くちひげ》を撫《な》でる。

父が口髭を撫でる時は、本心が他にある、つまり嘘をついている時。

『すまない』などと微塵《みじん》も思っておらず、これは校長に向けたポーズでしかない。

だが、父の本意など、菖蒲には些末《さまつ》なことだった。

そんな、と菖蒲は微笑んで首を振る。

今の時代、縁談がまとまって女学校を中退することは、名誉なことでもあった。

とんでもない話だが、器量が良くない女学生のことを『卒業面《そつぎょうづら》』、つまり縁談が纏まらずに卒業まで学校に残る顔だと揶揄されることもあるほど。

戸惑いはしたが、長い間桜小路の家に嫁ぐことを夢見ていた菖蒲にとって、一年も早く家に入れるのは、願ってもないことだ。

「お父様、わたしは立夏様の良い妻になれるようにと勉学に励んでいました。十六を待たずに立夏様にお会いできるなんて、こんな嬉しいことはないです」

茶を点《た》てていた彼の姿が、それは鮮やかに脳裏《のうり》に浮かぶ。

ようやく、あの方に会える。

逸《はや》る鼓動《こどう》に、菖蒲は胸に手を当てた。

「桜小路の家には、桂子《けいこ》が付き添うことになった。今お前の部屋にいて、荷造りをしているはずだから、お前も準備をしてきなさい」

その言葉に、菖蒲は我に返って頷《うなず》いた。

「はい！」

桂子は、橘《たちばな》桂子という。

梅咲家の使用人の一人だ。夫を早くに亡くした未亡人で、菖蒲は彼女のことを歳の離れた姉のように慕っていた。

待《ま》ち焦《こ》がれていたとはいえ、桜小路家に入るのはやはり不安もある。

桂子が付き添ってくれるというのは、菖蒲にとってありがたいことだった。

菖蒲は、失礼します、とお辞儀《じぎ》をして、校長室を出る。

駆け出したい気持ちを抑えて、いそいそと廊下を歩いた。

寮の建物に入るなり、周りに誰もいないことを確認して、菖蒲はやや駆け足で自分の部屋へと向かった。

こんな姿を見られたら、間違いなく窘《たしな》められるだろう。

それでも逸る気持ちを抑えられなかった。

自分の部屋の前まできて、菖蒲が扉を開けると、

「まあ、菖蒲様」

桂子が驚いたように振り返った。

彼女は二十代後半でほっそりとした体付き、温和な顔立ちの女性だ。荷造りしていた手を止めて、少し呆《あき》れたように言う。

「そんなに勢いよく扉を開けたりしては、怒られてしまいますよ」

「だって、じっとなんてしてられなくて」

そうですわね、と桂子は柔らかく目を細めた。

「ずっと焦がれていた王子様のところに行けるのですものね」

ええ、と菖蒲は胸の前で両手を組んだ。

「それにあなたも付き添ってくれることが嬉しくて。寄宿舎生活になって、一番寂しかったのは桂子さんに会えなくなったことですもの」

桂子は、自分が十歳の頃から面倒を見てくれていた。

「菖蒲様ったら、光栄ですわ」

桂子はふふっと笑ったあと、でも、と顔をしかめる。

「私も驚きました。菖蒲様は来年、桜小路家に入ることになっていたのに、どうしてこんなに早くになったのでしょう。しかも突然なんですよ」

訝しげな桂子を前に、菖蒲はそっと肩をすくめる。

「きっと、わたしには教えられない大人の事情があるのよ」

それよりも、と菖蒲は洋服ダンスを開き、振り返った。

「ねぇ、桂子さん、立夏様は着物が好きかしら、洋服が好きかしら」

「……そうですねぇ。立夏様は、茶道の心得があるので、お着物も良いと思いますが、ピアノも嗜《たしな》まれる方とのことですから、洋装も良いかもしれませんね。私としては、京都までは長旅なので、お洋服が良いのではと」

「そうね。色は何がいいかしら。桜の季節だから桜色なんてどうかしら」

ドレスを何枚も引っ張り出して、体に合わせていく菖蒲の姿に桂子は堪《こら》えきれないように小さく吹き出した。

「あ、あら、なにがおかしいの？」

「菖蒲様、お顔が真っ赤で息が上がっていらっしゃるんですもの。少し落ち着いてくださいな。そんな興奮状態で王子様にお近づきになったら、ビックリされましてよ」

その言葉に、菖蒲は恥ずかしくなって、桜色のドレスで顔を隠す。

「今お持ちのドレスは愛らしい菖蒲様にとてもお似合いですわ。きっと立夏様も気に入って下さりますすよ」

「ほ、本当にそう思う？　それじゃあ、これにするわ」

高鳴る鼓動を抑えるように、ドレスを胸に抱き締めた。

慌ただしい雰囲気の中、菖蒲は学友たちに別れを告げて、女学校を出た。

門の前には、漆塗《うるしぬ》りの豪華な自動車が停《と》まっている。三菱《みつびし》がイタリア製フィアットを参考にして製造したという車だ。

父、桂子と共に車に乗り込むと、車は東京駅に向かって走り出した。

車中から町を眺《なが》めていると、多くの人がこの車を振り返って見ている。手を振りながら追いかけてくる子どもの姿もあった。

——大正四年。

相場、株、商事、不動産、造船業の隆盛により、成金たちが彗星《すいせい》のごとく現われるという。彼等の中には『金が邪魔だ』と嗤い、札に火を点けて、明かりを灯《とも》す者もいた。

菖蒲の父、梅咲耕造もまさにその一人だった。

この車に向かって手を振る子どもたちに手を振り返して良いものか、菖蒲は迷い、会釈《えしゃく》だけをして、窓から目を離す。

車内にエンジン音が響くものの、三人は会話もせずに、ただジッと座っていた。

沈黙が続くなか、菖蒲様、と桂子が遠慮《えんりょ》がちに口を開く。

「……今回のことは、随分《ずいぶん》急で驚きましたね」

桂子が、菖蒲に問いかける体《てい》で、真相を探ろうとするも、耕造は何も言わなかった。

不機嫌《ふきげん》そうに腕を組んで目を閉じる。

それは耕造が答える気がない時に見せる仕草であり、桂子はすぐに話題を変えた。

「たしか、京都では言葉が違うのですよね？　私も急いで学ばなければなりませんね」

そう言う桂子に、耕造は小さく笑って口を開く。

「その必要はないであろう。『明治改革』の時に、言葉も統制《とうせい》されている」

『明治改革』とは、帝が東京に遷都《せんと》した際に発令されたものだ。

これから政治の中心は、東の都・東京となる。それに伴《ともな》い、東の言葉を日本の標準語とするよう定めたのだ。

華族こそ率先して行うよう政府が発令したため、関西に限らず、日本に住む華族——特に若者のほとんどは、標準語を話しているという。

3

東京駅から、特急列車に乗って、約半日。

京都に着く頃は、すっかり日が暮れていて、空には月が浮かんでいる。

京都駅からは、父が手配していた車に乗って、向かうことになった。

桜小路家は、御所《ごしょ》の北西に位置する、鷹峯《たかがみね》という地にあるという。

「本阿弥光悦《ほんあみこうえつ》が愛した地——、美にこだわる桜小路家らしい場所だな」

と、父は皮肉を含んだ声で独りごちる。

急な坂道を上っていくと、やがて鉄柵の門と、その向こうに白い洋館が見えた。

「まぁ、桜小路家は洋風なのですね……」

と、桂子が口に手を当てて、感嘆の息をついた。

桂子は洋風と言ったが、よく見ると、和洋が融合《ゆうごう》した邸宅だった。

建物は基本的に洋風だったが、ところどころに和の要素が取り入れられている。

車の到着を知った桜小路家の使用人たちが、門を開けて、駐車場まで誘導した。

庭に目を向けると、たくさんの桜の木が花を散らせている。

通路には、ランタンが並んでいて、足元を照らしていた。

「なんて美しいの……」

桂子が車から荷物を出したり、父が出迎えた桜小路家の執事と会話をしているなか、菖蒲はまるで引き寄せられるように、ゆっくりと庭へと向かった。

屋敷裏の中庭に近付くにつれて、音楽が菖蒲の耳に届いた。

きっと屋敷の中で、レコードを流しているのだろう。

これは、ベートーベン・ピアノソナタ第十四番『月光《げっこう》』第一楽章。

春の夜。白銀の月が照らす下、舞い落ちる桜の花びらは、まるで雪のようだ。

現実とは思えぬ光景に、菖蒲は胸を躍らせる。

庭に、東屋《あずまや》があった。ランタンを灯しているようで、ぼんやりと明るい。

そこに座る青年の姿に、菖蒲は一瞬、呼吸を忘れた。

少し長めの前髪。艶《つや》やかな黒髪。紺青《こんじょう》の着流し。

遠目でも、すぐに彼だと分かった。

その整った美しい顔立ちは、十五の頃の面差《おもざ》しを十分に残していた。

お猪口《ちょこ》を手に、優しい瞳で花を愛《め》でている。

——立夏様。

菖蒲は声にならない声を洩《も》らす。

全身が小刻みに震えるような気分で、一歩一歩、彼に近付いた。

彼は音楽に身を委《ゆだ》ねているのだろう、心地良さそうに目を閉じていて、菖蒲の存在には気付いていないようだった。

菖蒲はまるで、美しい鳥に出会い、側で愛でたくて、逃げられないように近付くときのように、足音も立てずに東屋に忍び寄る。

強い風が吹いて、桜の花びらが盛大に舞った。

立夏がスッと目を開けて桜を見上げながら、ぽつりとつぶやく。

「春風の花を散らすと見る夢は……か」

この歌は、菖蒲も好きな歌だ。

「……さめても胸のさわぐなりけり」

静かに下の句を詠むと、彼は驚いたようにこちらを見た。

目が合うなり、鼓動がばくんと跳ね上がる。

菖蒲は慌てて頭を下げた。

「も、申し訳ございません。つい……」

するとは、微笑むように目を細める。

「君のようなお嬢さんが、この歌の下の句を即座に詠《よ》めるなんて驚いた」

「……桜に魅《み》せられた西行法師《さいぎょうほうし》の歌。好きな歌なんです」

春風の花を散らすと見る夢はさめても胸のさわぐなりけり。

桜が花びらを散らす夢を見る。それは、目覚めた今も胸を騒がせている。

その夢はきっと、この光景のように幻想的だったに違いない。

「こんなに花びらを散らしているから、桜の季節ももう最後かもしれないと、一人で花見をしていたんだが……。まるで桜の精が現れたようだね」

菖蒲の桜色のドレスを見て、立夏は柔らかく微笑む。

嬉しさに頰が熱くなって、言葉が出ない。

——桜の精は、あなた様です。

尋常《じんじょう》ならぬ心拍に息苦しさを感じていると、彼は徳利《とくり》を手にした。

「——あ、わたくしが」

慌てて手を伸ばした菖蒲に、ありがとう、と彼は言う。

緊張に手が震える中、それでも絶対に零《こぼ》さないようにと、菖蒲は彼が手にしているお猪口にお酒を注《つ》いだ。

彼は指先までも美しく、つい見惚《みと》れてしまい、徳利を上げた時にほんの少し、その指にお酒がかかってしまった。

「も、申し訳ございません」

すぐにハンカチーフを取り出そうとすると、大丈夫ですよ、と彼はその指先をペロリと舐《な》めた。

「っ！」

立夏のその姿は、菖蒲には刺激《しげき》が強く、直視できずに目をそらす。

何も言えずに立ち尽くしていると、彼は小さく笑った。

「もし良かったら、あなたも座りませんか？」

「よろしいのでしょうか？」

「もちろん」

やはり彼は、優しくて素敵な方だ。

思い描いていた通りの人で良かった。

菖蒲が胸を熱くしていると、庭に桂子の声が響いた。

「菖蒲様、探しましたわ！」

「菖蒲、ここにいたのか。驚いたな、立夏君ともう一緒じゃないか」

「桂子さん、お父様」

菖蒲が振り返ると、桂子と父がこちらへ向かって歩いてきている。

「……梅咲？」

立夏は、まるで不快なものを見たかのように、顔をしかめた。

父は東屋にいる二人を見て、「おお」と嬉しそうに目を細めた。

「お似合いではないか」

その途端、立夏は目を見開いて、菖蒲を見た。

「もしかして……」

予想もしていなかった反応に、菖蒲が戸惑っていると、父はゆっくりと歩み寄り、菖蒲の肩に手を載せた。

「そうだよ、立夏君。この子は菖蒲——君の許嫁《いいなずけ》だ」

父がそう告げた瞬間、立夏は勢いよく立ち上がり、東屋を出た。強い足取りで屋敷へと入っていく。

「どうされたのでしょう……？」

菖蒲が狼狽《ろうばい》していると、父は愉快《ゆかい》そうに笑った。

「立夏君は、まだまだ若い。きっと恥ずかしくなってしまったのだろうよ」

桂子は小首を傾げながらも、そうですわ、と続ける。

「こんな愛らしいお嬢様が婚約者だと知って、照れてしまったのですわ」

……照れてしまった？

菖蒲は、屋敷の方へと目を向ける。

本当にそうなのだろうか？

胸に不安が広がるも、その時の菖蒲は二人の言葉を信じることしかできず、そっとうなずいた。

——これが、菖蒲と立夏が最初に会話を交《か》わした日。

彼が許嫁である菖蒲に優しくしてくれた、最後の夜だった。

第二章　不穏な洗礼

1

桜小路《さくらこうじ》家の三男・桜小路立夏《りっか》は、勢いよく屋敷に足を踏み入れる。

事情を確認しなければ、と父親の書斎へと向かっていると、

「これは、立夏。怖い顔をしてどうした」

窓際に立ち、外を眺《なが》めていた長男・喜一《きいち》が、愉快《ゆかい》そうに振り返る。

「……父上は戻られていないのか？」

「また、病が悪化してね。母上に付き添ってもらって伊勢《いせ》の別荘で療養《りょうよう》しているから、しばらく戻らないだろう」

「それじゃあ、誰が梅咲《うめさき》を招き入れた？」

胸倉《むなぐら》をつかむ勢いで詰め寄る立夏に、喜一は上体を反《そ》らせて、肩をすくめた。

「それはもちろん、この俺がお招きした。中庭での様子を見ていたぞ。良い雰囲気だったではないか」

今も花びらを散らす庭を眺めながら、少し茶化すように言う喜一に、立夏は奥歯を噛《か》みしめる。

「……蓉子《ようこ》さんの客人だと思ったから丁重《ていちょう》にもてなしただけだ」

「それはそれは、我が妻へのお気遣いを感謝する。蓉子の客人ではなく、自分の許嫁《いいなずけ》と知ると、ぞんざいな扱いになるとはな」

「僕は許嫁とは認めていない！　勝手に呼んで強引に話を進めようとするな」

立夏が壁に拳《こぶし》を叩きつけると、喜一は汚いものでも見るような目を向けた。

「やはり、下賤《げせん》な血が流れている者は乱暴だ」

「なんだとっ！」

立夏が怒りに顔を上げた瞬間、その顎《あご》を喜一が強くつかむ。

「――いいか、立夏。勝手は許さん。梅咲との婚約のおかげで我が家は多大な援助を受けていられるんだ。お前もピアノを弾いたり、茶を点《た》てたり、くだらない書き物を続けていたいのだろう？」

「お前に僕が書くものの何が分かる」

「分かるさ。それに、お前の考えていることも全部な。だから、早急に梅咲の娘を招き入れることにした。良かったじゃないか、思っていたより、可愛らしい子で」

喜一は嫌味な笑みを浮かべたあと、立夏の腹部に拳を入れる。

「――っ」

喜一は、不意打ちに蹲《うずくま》る立夏の髪をつかんで、顔を覗《のぞ》き込んだ。

「いいか、これはおまえだけの問題じゃないんだ。大人しく言いなりになって、あの娘を受け入れるように」

そう言うとすぐに髪から手を離して、喜一は踵《きびす》を返して歩き出す。

立夏は奥歯を嚙みしめ、拳を絨毯《じゆうたん》に叩きつけた。

その様子を陰から窺《うかが》っている者がいたが、立夏はその視線に気付くことはなく、その場を後にした。

2

「こちらが、菖蒲《あやめ》様のお部屋となります」

臙脂《えんじ》色の絨毯《じゆうたん》が敷《し》かれた階段をのぼり、二階廊下突き当たりの扉の前で、千花《ちか》という名の桜小路家の使用人は足を止めた。

千花は菖蒲と同世代。濃紺《のうこん》のワンピースに白いエプロンを身に着けている。可愛らしい雰囲気の少女だった。

桂子は、使用人頭に挨拶《あいさつ》に行っているという。

菖蒲は一人でどうにも浮かない気持ちのまま、深々と頭を下げる。

「ありがとうございます」

では、と千花は、少し腕に力を込めて、大きく扉を開ける。

フリルのたくさんついたカーテンにベッドカバー。欧羅巴《ヨーロッパ》を思わせる調度品にランプと、まるで西洋の物語に出てきそうな部屋だった。

菖蒲は、わあ、と感激に口の前で両手を合わせた。

「なんて、素敵なお部屋」

「梅咲様が、あなたがここで過ごしやすいようにと」

「お父様が？」

意外だった。父はこれまで仕事が第一で、自分を気に掛けたことなどなかったのだ。

「菖蒲様が、ご実家や女学校が恋しくなられてはと懸念《けねん》されたのでしょうね」

そう続けた彼女を前に、そんな、と菖蒲は苦笑する。

それだけ、父はこの縁談に力を入れているということだろう。

「わたしは、ここに来ることをとても楽しみにしていたんです」

立夏に会える日を夢見てきた。

彼は、菖蒲が思う通り、いや、それ以上に素敵になっていた。

……だけど、と菖蒲は表情を曇らせる。

突然、態度を変えた彼の姿が過《よぎ》り、胸が騒いだ。

「菖蒲様?」

「あ、あの、立夏様は……」

そこまで言いかけて、口をつぐんだ。

「いえ、なんでもないです。ありがとうございました」

お辞儀《じぎ》をすると、彼女は「いえいえ」と首を横に振る。

「菖蒲様のお洋服などは、橘《たちばな》さんがすべてドレッサーに移しております」

さすが、桂子は手際《てぎわ》が良い。

「それでは、今宵《こよい》はお疲れでしょう。ゆっくりお休みください」

そう言って、部屋を出て行った。

部屋に一人残された菖蒲は、ふぅ、と息をついて、窓の外に目を向ける。

もう、夜も遅く、空は藍色《あいいろ》だ。

それでも月の光と庭の外灯が中庭を照らしているため、桜が花びらを散らしている様子が見えた。

月と桜。なんて美しいのだろう。

立夏の姿が鮮明に浮かんで、胸が詰まり、菖蒲はそっと窓から離れてベッドに横たわった。

3

ベッドに身を委《ゆだ》ねて、ほんの少しうたた寝をした感覚だった。

トントン、と静かに扉をノックする音が響いて、菖蒲は慌てて身体を起こした。

「は、はい」

「おはようございます。ご朝食の準備が整いましたので、食堂にご案内いたします」

千花ではない女性の声だった。

窓を見ると、明るい太陽の光が差し込んでいる。

「あっ、はい、今すぐ」

そうだ、昨夜、桜小路家に来たのだ。服のままで寝てしまっていた。

菖蒲は慌てて着替えて、鏡の前に立ち、顔を拭《ぬぐ》い、髪とドレスを簡単に整えたあと、部屋の扉を開けた。

「すみません、お待たせしました」

そこには、四十代半ばの細身で厳格そうな女性が起立している。

千花と同じように、濃紺のワンピースに白いエプロンをつけていた。

「わたくしは使用人頭の八重《やえ》と申します」

「はじめまして、梅咲菖蒲と申します」

菖蒲が挨拶をしている途中だというのに、

「どうぞ、こちらです」

八重という使用人頭は、すぐに歩き出した。

部屋から出るのが、遅くなったから怒っているんだろうか？

桂子が起こしにくると思い込んでいたため、気を抜いていた自分を恥じて、菖蒲は俯《うつむ》き加減になる。

「食堂には既に皆様、お揃《そろ》いです」

八重は少し早足で歩き、前を向いたまま話す。

「皆様……？」

菖蒲の口から戸惑《とまど》いがついて出る。八重は足を止めて、振り返った。

「桜小路家ご長男であらせられる、喜一様、ご次男の慶二《けいじ》様、ご三男の立夏様、末のご息女の撫子《なでしこ》様、そして、喜一様の奥様の蓉子様。慶二様の婚約者の漆原菊枝《うるしはらきくえ》様でございます」

向けられている視線がとても冷ややかだ。

なぜかは分からないが、彼女に歓迎されていないようだ。

――だが、そうしたことは、慣れている。

「それでは、お父様……わたしの父は？」

「昨夜のうちにお帰りになりました」

「立夏様のお父様とお母様はいらっしゃらないのですか？」

「旦那様はお加減が悪く、奥様と伊勢の別荘で療養されております」

「そうでしたか……」

パーティの席で何度か、桜小路家の当主・喜慶《よしのぶ》の姿を見たことがある。

葡萄酒《ぶどうしゅ》を好み、いつも陽気に振る舞っていた姿が印象に残っている。

病気とは縁遠い人物のように見受けられたが、もしかしたら不摂生《ふせっせい》が祟《たた》ったのかもしれない。

八重は菖蒲を置いていくかのように早足で歩き出し、今度は大きな両開きの扉の前で足を止めた。

「こちらが食堂にございます」

いよいよ、初顔合わせだ。急に襲《おそ》ってきた緊張感に、菖蒲は深呼吸をする。

八重は背筋を伸ばして、扉をノックした。

「大変、お待たせをいたしました。菖蒲様をお連れしました」

大変を強調するように言ってから、八重は扉を開けた。

縦長の長方形の部屋に合わせた縦長のテーブルに、桜小路家の面々が着席している。

皆は揃って、菖蒲に注目していた。

「――はじめまして、梅咲菖蒲と申します。ふつつか者ですが、これからどうぞよろしくお願いいたします」

菖蒲は緊張を押し隠して自己紹介をし、深々と頭を下げる。

すると、上座に座る青年が微笑《ほほえ》んで立ち上がった。

「はじめまして、菖蒲さん。この家の長男、喜一です。君のことを心から歓迎いたしますよ」

長男・喜一は二十八歳。

冷たそうな印象を与える顔立ちの男性だ。どこか蔑《さげす》むような目を見せているにもかかわらず、口元には笑みを湛《たた》えている。

「はじめまして、俺は次男の慶二。いやぁ、可愛らしい子で驚いたよ」

次男・慶二は、二十一歳。

彼は、薄茶の巻き毛に甘いマスクの美青年だ。

　すると、対面に座っていた女性が、ぴしゃりと言った。

「慶二さん、婚約者のわたしの前で、他の女性を褒《ほ》めるとはどういうことかしら」

　慶二の婚約者の漆原菊枝だ。漆原家は、東京に拠点を持つ公家《くげ》華族と聞いている。

　あっさりとした顔立ちで、鋭《するど》い眼差《まなざ》しの女性だった。

「いやいや、俺が女性を褒めるのは挨拶のようなものだから」

　慌てたように言う慶二に、菊枝は鼻を鳴らして腕を組み、

「その癖を直していただけないかしら」

　そう吐き捨てたあと、ねぇ、と菖蒲に視線を移した。

「梅咲家も桜小路家同様、賀茂《かも》家の流れを汲《く》むのよね？」

　菖蒲の心臓が嫌な音を立てる。

　何を聞かれるのか、予想がついていた。

　はい、と菖蒲はうなずく。

「それじゃあ、あなたはもしかして『神子《みこ》』なの？」

　菊枝の問いに、皆の目の色が変わった。

　もし、菖蒲が能力者ならば、それ相応の扱いをしなくてはならないのだ。

　使用人頭の八重も眉間《みけん》に皺《しわ》を寄せて、聞き耳を立てていた。

　菖蒲が答える前に、ちなみに、と菊枝が再び口を開く。

「私には、『白虎《びゃっこ》』の力がありますの。喜一さんの奥様、蓉子さんには『青龍《せいりゅう》』の力があって、独身の頃は、なんと『斎王《さいおう》』になれるのではないか、と言われたほどなのよ」

慶二の婚約者・菊枝は『白虎』――つまりは見鬼《けんき》の力を持ち、喜一の妻・蓉子は『青龍』、すなわち神の声を降ろす予知能力を持っているという。

さらに『斎王』に、という声が上がっていたということは、『麒麟《きりん》』の力の片鱗があったということだ。

菖蒲は居たたまれない気持ちで、いえ、と首を横に振った。

「わたしは、『神子』でありません」

そう言うと菊枝は、まぁ、と大袈裟《おおげさ》に驚く。

「わざわざ梅咲の家の娘が来ると聞いたから、てっきり『神子』かと思えば……。私は歓迎できなくてよ。かつて流刑《るけい》になった梅咲規貴《のりたか》は、危険思想を持ち、民衆をたぶらかして、国をひっくり返そうとした大罪人という話じゃない。そんな家の娘を迎え入れるなんて」

「菊枝さん、それは昔の話だよ。君が最初に言ったように、そもそも梅咲家は、我が桜小路家と同様、賀茂家の片腕と呼ばれた由緒正しい家なんだ」

喜一が宥《なだ》めるように言うも、菊枝は容赦なく続ける。

「あらあら、梅咲規貴を告発して、そんな由緒正しい梅咲家の家名を地に落とした立役者は、桜小路家じゃなかったかしら？　その桜小路家が、今や掌《てのひら》を返して『神子』でもない梅咲の娘を迎えたうえ、そんなふうにかばうなんて、桜小路家はそんなにお金が欲しいのかしら」

喜一が言い訳をするように言う。

「梅咲家とは、色々あったけれど、和解しようということになったんだよ」

そうそう、と慶二が宥めるように続ける。

「この縁談が纏《まと》まったのは、昨日今日じゃないんだし。それに、菖蒲さんはまだ十五。これから、能力が発現する可能性だって、十分にある」

そう、桜小路家と梅咲家の縁談は、五年も前に決まっていたことだ。

だが、自分の能力が発現する可能性は、極めて低いだろう。

菖蒲は居たたまれない気持ちながらも、曖昧《あいまい》な笑みを返す。

急にこの家に呼ばれたのは、桜小路家に強く自分が求められたからではないか、と菖蒲は胸に淡い期待を抱いていた。だが、このやりとりを聞いて、それは都合の良い思い込みであったことを突き付けられた。

「菖蒲さん、はじめまして、喜一の妻の蓉子です」

まるで空気を変えるように、優しい口調で言って立ち上がったのは、艶《つや》やかな長い黒髪が印象的な美しい女性だった。

ほっそりとした体付きに白い肌、一見儚《はかな》げだが、彼女から放たれる雰囲気に菖蒲は気圧《けお》された。

「よ、よろしくお願いいたします。梅咲菖蒲です」

「本当にお可愛らしい。大きくなりましたね……」

蓉子は、菖蒲を見ながら、懐かしそうな目を見せる。

彼女の言動に、菖蒲は少し戸惑った。

ごめんなさい、と蓉子は微笑む。

「昔、会合の席で、何度かあなたをお見かけしたことがあるのですよ。小さなあなたは、いつもお兄様の側に寄り添っていて、とてもお可愛らしくて……」

そうだったのですね、と菖蒲が嬉しくなって、頬《ほお》を赤らめる。

菖蒲は、父の言いつけで幼い頃から様々な会合に出席していた。必要とされるのは、最初の挨拶だけであり、それを終えると、父は菖蒲を放置する。

どうして良いか分からず、会場の隅で佇《たたず》んでいると、いつも兄・藤馬《とうま》がやってきて、

『菖蒲は僕の隣にいて、にこにこ笑っていてくれれば、それで百点満点だよ』

と言って、頭を撫《な》でてくれた。

──大好きな兄だった。

当時を思い出し、菖蒲は顔を綻《ほころ》ばせる。

しかし、菊枝が雰囲気を打ち破るように、まぁ、と険《けわ》しい表情を見せた。

「菖蒲さんのお兄様って、梅咲家のご長男よね？　なんでも、元々『白虎』の力がおありだったというのに成長と共に力がどんどん薄れてしまって、能力を高めるためにありとあらゆる祈禱《きとう》を受けて、ご修行なさっていたとか。それでも結局、『神子』にはなれず、父親に勘当《かんどう》されて家を出て、行方知れずだという……」

兄は、父に勘当されたわけではなく、自ら家を出たのだ。

自分のことならば耐えられるが、家族のことを──特に慕《した》っていた兄のことを言われるのはこたえる。

菖蒲がグッと俯いたその時──、

「おやめなさい」

蓉子が、決して大きくはないが、強い口調で言った。

思わぬ迫力に気圧されて菊枝は口を噤《つぐ》み、菖蒲も戸惑いながら顔を上げる。

蓉子はすぐに微笑んで、話題を変えた。

「菖蒲さんは、もう十五だとか。千花さんと同じくらいかしら」

と、自分の傍《かたわ》らに立つ使用人の千花に目を向ける。

「はい。私と菖蒲様は、同い年です」

千花はそう言った後、菖蒲の方を向き、頭を下げた。

「菖蒲様、あらためまして、千花と申します。よろしくお願いいたします。何かございましたら、なんでも遠慮《えんりょ》なく仰ってくださいね」

ありがとうございます、と菖蒲もお辞儀を返す。

「ところで、肝心の立夏さんは？」

蓉子は食堂を見回して、訊《たず》ねる。

「お兄様は具合が悪いそうですわ。具合というより、気分が悪いんだと思うけど」

そう言ったのは、蓉子の隣に座っている少女だった。

「まぁ、撫子さんまでそんなことを……」

蓉子は、咎《とが》めるように言って、眉を顰《ひそ》める。

彼女が桜小路家の末娘の撫子、歳は十四歳。

長い髪を二つに結っていて、気の強そうな大きな目が印象的な、まるで西洋の人形のように美しい少女だ。

「婚約者とのはじめての席に姿を現さないなんて、駄目なお兄様よねぇ。菖蒲さん、お可哀相」

撫子は、言葉とは裏腹に、楽しそうに告げる。

「もう、撫子さんってば、露骨《ろこつ》ね」

と、菊枝が噴き出した。

菖蒲はどんな顔をしたら良いのか分からず、目を伏せる。

次の瞬間、喜一が、ははは と笑い出した。

「まったく、立夏も困ったものだ。きっと、婚約者の思った以上の愛らしさに恥ずかしくなって、どうして良いのか分からなくなっているのでしょう。もう二十歳だというのに、いつまでも子どもで恥ずかしいかぎりです」

「菖蒲さん、慣れるまで時間のかかる猫のような弟ですが、どうぞよろしくお願いいたします」

続いて慶二が、まるでなんでもないことのように明るく言う。

『恥ずかしくなって、どうして良いのか分からなくなっている』と父や桂子も同じように言っていた。

だが、きっとそうではない。

苦々しい違和感を抱えたまま、はい、と菖蒲は頭を下げた。

「こちらこそ、どうぞよろしくお願いします」

「それでは食事にしよう」

「そうだね。さぁ座って」

菖蒲が着席すると、喜一と慶二は、何事もなかったように食事を始める。

朝食のメニューは、洋風だった。

クロワッサンにクリームシチュー、そしてサラダにフルーツがついている。

蓉子は手を合わせ、撫子は「いただきます」と陽気に言って、美味《おい》しそうに食事を始める。

菊枝は不愉快そうな様子で、何度も菖蒲に冷たい視線を送っていた。

針の筵《むしろ》とはこのことだろうか。

菖蒲は、いただきます、と手を合わせてから、朝食を口にした。

4

朝食が終わり、菖蒲が重い気持ちを引《ひ》き摺《ず》りながら廊下を歩いていると、庭に桂子の姿が見えた。

桂子は濃紺のワンピースに白いエプロンと、桜小路家の使用人服を纏《まと》っている。

庭の掃除をしているのだろうか？

菖蒲が目を凝《こ》らすと、桂子はどうやらカラスに何かを与えているようだった。

声を掛けようと、菖蒲は窓を開ける。

窓を開く音が聞こえたようで、桂子はすぐに振り返った。

「――菖蒲様、おはようございます」

明るい笑顔を向ける桂子に、緊張が解《ほぐ》れた。

「桂子さん」

「今からそちらに向かいますね」

すぐに玄関へ向かおうとする桂子に、ううん、と菖蒲は首を横に振る。

「こっちに来てもらえれば、それでいいわ」

と手招きすると、桂子は窓際までやってきて、頭を下げる。

「起床やお食事の時に側にいられず申し訳ございません。使用人の詰所《つめしょ》で、ここのしきたりや家の中のことを色々と教わっておりまして……」

「そうだったの。今は、お庭で何をしていたの？」

「桜小路家は梅咲家と同様、八咫烏《やたがらす》の末裔《まつえい》ということで、カラスをはじめ、敷地内にやってくる鳥をとても大切にされているそうです」

「それで、カラスに餌《えさ》を？」

「はい……それよりも、菖蒲様はご家族との初顔合わせ、とても不安だったのではないですか？」

心配そうに訊ねる桂子に、菖蒲は小さく首を振った。

「大丈夫よ」

「菖蒲様が『大丈夫』と言う時は、大丈夫じゃないことが多いから心配です」

そっと目を伏せる彼女を見て、菖蒲は決まり悪さに苦笑した。

子どもの頃からわたしの側にいてくれた彼女には、何もかもお見通しだ。

「……梅咲家は過去に色々ありましたから、仕方がないのかもしれません」

菖蒲は力なくそう言って、息をつく。

立夏も曰《いわ》く付きの家の娘との婚姻《こんいん》を快く思っていないのかもしれない。

菖蒲が切なさに顔を歪《ゆが》ませていると、桂子は、心配そうな目を見せた。

大丈夫、と菖蒲は口角を上げる。

「いつもお母様が『心を尽くしていれば、それは必ず伝わる』と仰っていたもの。わたし、桜小路家の皆様に認めてもらえるよう、がんばるわ」

なるべく明るい声で告げると、桂子は優しい表情で相槌《あいづち》をうつ。

「そうですね。菖蒲様の素敵なところは、きっとすぐに分かってもらえると思います。さあ、今日からがんばりましょう」

「ええ、ありがとう。こうして、桂子さんが側にいてくれるんですもの。いくらでもがんばれるわ」

そう言って微笑んだ菖蒲に、桂子は笑みを返した。

第三章　ふたりの旋律《せんりつ》

1

菖蒲《あやめ》が、京都鷹峯《たかがみね》の桜小路《さくらこうじ》家に来て、五日が経った。いよいよ、桜の季節も終わりという頃、桜小路邸で『技能會《ぎのうえ》』が行われることとなった。

『技能會』とは、かつての元服の年齢——数えで十三になる能力を持つ者がつどい、賀茂《かも》家の『審神者《さにわ》』の前で力を披露し、『玄武《げんぶ》』『青龍《せいりゅう》』『白虎《びゃっこ》』『朱雀《すざく》』——四神《じん》の称号を授かる儀式だ。

『白虎』と『青龍』の称号を授かった者は、『神子《みこ》』と認定され、『玄武』と『朱雀』の称号を授かった者は、『技能者』と認定される。『玄武』の称号は博士号に、『朱雀』の称号は技芸の家元と同等の権威があった。

この『技能會』、平安時代は新春の恒例儀式だったそうだが、時代の移り変わりと共に廃《すた》れ、いつしか行われなくなっていた。

その行事を近年、桜小路家が復活させたという。

かつて年明けに行われていたものが春に変わったのは、桜の花びらが舞い落ちる自慢の美しい庭を客人に披露しようという目論見《もくろみ》もあったそうだ。

「――なんでも、『技能會』を復活させたのは、桜小路家のご当主・喜慶《よしのぶ》様ではなく、ご長男の喜一《きいち》さんだったそうですよ」

桂子は、菖蒲の髪を梳《と》かしながら言う。

『技能會』の復活により、さらに『神子』の地位が盤石《ばんじゃく》なものとなっていた。特に庶民出身の『神子』などは、『技能會』に参加することで、華族と縁を結べることも多い。

「喜一さんって、能力者の未来を考えてらっしゃるのね」

菖蒲はしみじみとつぶやき、鏡を見た。

蝶《ちょう》があしらわれた薄紅色の訪問着を纏《まと》って、桂子に髪を結ってもらいながら、はにかんでいる自分の姿が映っている。

菖蒲は、喜一に頼まれて、『技能會』で箏《こと》を披露することになっていた。

『梅咲氏に伺ったよ。菖蒲さんは箏が得意だと。きっと素晴らしいのだろうね。ぜひ、「技能會」で演奏してもらえないだろうか』

喜一がそんな申し出をしたのは、三日前。

菖蒲が訪れてから、立夏《りっか》は一度も食事の席に姿を現しておらず、菖蒲が暗い顔を見せていた時のことだった。

菖蒲が口を開く前に、あら、と菊枝《きくえ》がすぐさま釘を刺す。

『菖蒲さんは、「朱雀」の称号を？』

いいえ、と菖蒲は首を横に振る。

『そうよね。梅咲家の力は芸術方面の「朱雀」ではなく、学術の「玄武」の力だというものね』

その言葉を聞いて、意外な反応をしたのが、撫子《なでしこ》だ。

『それじゃあ、菖蒲さんは優秀なの？　お勉強は得意なのかしら？』

嫌味ではなく、期待に満ちた目を向けられて、菖蒲は身を縮めた。

『いいえ、わたしは特別優秀というわけではなく、成績もそこそこでして……』

撫子は、そうなの、と少しガッカリしたように息を吐く。

ですが、と菖蒲は続けた。

『「朱雀」の方々の演奏には劣ると思いますが、お箏のお稽古は、がんばってきました』

そう言うと、喜一は満足そうに相槌《あいづち》をうち、その隣で蓉子《ようこ》が嬉しそうに微笑《ほほえ》みながら言った。

『「技能會」では主にわたくしと菊枝さんが、進行役を務めるのよ。菖蒲さんの演奏、とても楽しみにしていますわね』

はい、と菖蒲が明るく答えると、『足を引っ張らないようにお願いね』と菊枝は吐き捨てるように言った。

それから菖蒲は、箏の練習に勤《いそ》しんだ。短い期間とはいえ、あまりに根を詰める様子に、桂子が窘《たしな》めたほどだった。

「ねえ、桂子さん。わたしの着物、これで本当に良かったかしら」

蝶の柄に目を落として、菖蒲は心配そうに洩《も》らす。

桂子は、ええ、とうなずいた。

「『技能會』はお花見も兼ねているとのこと。桜柄のお着物では『野暮《やぼ》』と受け取られる場合がありますが、蝶の柄でしたら問題ありませんよ」

桜の季節に、桜柄の着物を纏うのは問題ない。

だが、『花見の席』に桜柄を着るのは、主役の桜を差し置いているという意味で、『野暮だ』と言う者もいる。

そのことは、菖蒲も分かっている。聞きたいのは、そういうことではなかった。

きっと今日の『技能會』には、立夏も出席するだろう。

「……ちゃんと似合っているかしら？」

菖蒲が小声で訊《たず》ねる、桂子はぱちりと目を瞬《また》かせたあと、ふふっと笑った。

「はい。とってもお可愛らしいですよ」

無理やり言わせてしまったみたいだ。

菖蒲は気恥ずかしさに頰《ほお》が熱くなり、目を伏せる。

「ご自分でも確認してくださいな。髪も綺麗に纏まりましたよ」

鏡を見ると、菖蒲の髪は丁寧に編み込まれて、後ろで丁寧に纏められていた。

「ありがとう、とても綺麗」

「でしょう、とてもお美しいですわ、菖蒲様」

「や、やだ、髪型のことを言ったのよ」

分かっていますわ、と桂子は愉《たの》しげに笑って、菖蒲の背にそっと手を当てた。

「では、参りましょうか」

菖蒲は、はい、と立ち上がる。

そのまま自室を出て、大広間へと向かった。

2

主に洋風のしつらえである桜小路邸だが、一階の離れには、長い絵巻を広げられるほどの大きな和室がある。

そこから中庭が眺《なが》められるため、四季折々の行事──春は花見を兼ねた技能會、夏は蛍火の茶会、秋は月見を兼ねた管弦祭、そして、新年の宴──等々に使われているという。

最初に『玄武』と『朱雀』の認定式が行われた。

『玄武』と『朱雀』の場合、既に試験や選定会が済んでいる。

この場には合格した者だけが呼ばれ、認定書が渡されていた。

次に『白虎』と『青龍』の選定会へと移る。

喜一と蓉子が上座《かみざ》の方の壁際に並んで座り、向かい側に菊枝が座っている。

菊枝側に鬼を見る『白虎』の力を持つ者が一列に並び、蓉子側に神の声を降ろす『青龍』の力を持つ者がずらりと並んでいた。

大広間の上座──一段上がった舞台に、御簾《みす》が下がっている。

その向こうに、賀茂家の『審神者』が二人並んで座っていた。

御簾の向こうでよく見えないが、烏帽子《えぼし》に黒い狩衣《かりぎぬ》、顔の前には雑面《ぞうめん》と、いつもの姿のようだ。

菖蒲は、慶二、撫子と共に下座《しもざ》で、この会を見守っていた。

ここにも立夏の姿はなかったが、彼も『技能會』の手伝いをしているという。

演奏を聞いてくれるだろうか？

と、菖蒲は目だけで立夏の姿を探しながら思う。

箏の演奏は、『神子』の認定会が終わり、食事の席になった時にと言われていた。

この中で演奏するのかと思うと、緊張から喉《のど》が干上《ひあ》がるようだ。

緊張しているのは、菖蒲だけではなく、『神子』候補たちも同じようだ。

今回集まった候補者は、計十六人。

ほとんどが、今年数えで十三歳になる少年少女ばかりだが、一人だけ十五歳の少年がいるという。

『白虎』の者が六人、『青龍』の者が十人。

その内十四人が女子で、男子は『白虎』と『青龍』に一人ずつついる程度だった。

へぇ、と慶二が興味深そうに洩らす。

「今年の候補者は、女の子が多いんだな。可愛い子ばかりじゃないか」

その言葉を聞いて、撫子が呆《あき》れたように息をついた。

「そんなこと言ったら、また菊枝さんに怒られますわよ」

ここからでは聞こえないよ、と慶二は笑い、候補者たちに目を向ける。

「ほとんどが華族のご子息、ご息女のようだけど、庶民もいるみたいだな」

「そうね。借りた着物を纏って、落ち着かない様子を見せているのは庶民ね」

と、撫子は吐き捨てるように言う。

「だが、この場で『審神者』の認定を受けたなら、正式に『神子』だ。我々よりも身分は上になる。口の利き方にも気をつけなければならないよ」

「分かってるわよ、と撫子は面白くなさそうに言う。

「けど、別にこびへつらう気はないわ」

慶二と撫子の会話を聞きながら、菖蒲はなんとなく能力者たちに目を向ける。

「あれが、桜小路家の喜一様」

「そして、あそこにおられるのが賀茂家の『審神者』様……」

と、華族も庶民もなく、観覧者たちは頬を紅潮《こうちょう》させて囁《ささや》き合っていた。

特に『審神者』が気になるようだ。

その気持ちは、菖蒲にも分かる気がした。

彼らは人の形をした神の化身《けしん》なのではないか、と思わせる雰囲気を持っている。

四神の力を持たない菖蒲も、鳥肌が立つ思いだ。

候補者ならば、電流が走るような感覚があるのかもしれない。

ざわめいていた大広間も、横笛の音が響いたことで静かになった。

開始の笛の音色があまりに素晴らしく、誰が吹いているのだろう、と菖蒲は目だけで、演奏者を探す。

音は、外の方から聞こえている。

視線を向けると中庭に朱色の舞台が整えられていて、立夏はそこにいた。烏帽子に藤色の狩衣を纏い、神楽笛を奏でている。

候補者の少女たちが頬を赤らめて、熱い視線を立夏が送っていた。

「さすが、立夏お兄様ね」

撫子が誇らしげに言い、その隣で慶二が肩をすくめる。

「まぁ、あいつは、十三で『朱雀』の称号を賜《たまわ》ったくらいだからな」

それは、初めて聞く話であり、菖蒲は驚いて、慶二を見る。

「そうなのですか？　立夏様は、『朱雀』の称号を？」

その問いに答えたのは、撫子だった。

「そうよ。お兄様は、あまり口外してほしくないみたいだから、知られていないのだけど」

そうだったのですね、と菖蒲は、あらためて立夏を見る。

その凛《りん》とした美しい音色は、彼そのもののように感じ、菖蒲の胸がギュッと締め付けられた。

笛の音が止まり、喜一、蓉子、菊枝は、『審神者』に向かって一礼をし、候補者たちの方を向いた。

開始の挨拶《あいさつ》をしたのは、喜一だった。

「それでは、今より『技能會』を開催いたします」

菖蒲は『技能會』がどんなものか噂では聞いていたが、目《ま》の当たりにするのは初めてだった。

『白虎』――鬼を見る力を確かめる試験は、刀、茶碗、壺《つぼ》、鏡、人形、櫛《くし》などの品々が並べられ、この中で鬼が憑《つ》いている品はどれなのか、紙に書くというもの。

六人の候補者たちは、品々を見て、他の者に見られないよう、紙に解答を書いていく。

「俺は絶対、鬼が憑いているのは、人形だと思うなぁ」

「あら、鏡とかもあやしい感じ」

と、慶二と撫子が小声で囁いていている。

今の世では、悪霊《あくりょう》、怪異、妖《あやかし》といったもののすべてを『鬼』と称している。

つまり、蛇霊《じゃれい》や管狐《くだぎつね》が憑いていても、『鬼』と呼んでいた。

菖蒲もつい、鬼が憑いている品はどれなのか、と探ってしまう。

『白虎』の力を持つ者は、品に鬼がへばりついている姿が見えたり、はたまた黒い靄《もや》がかかっているのが見えるという。

菖蒲は目を凝《こ》らすも、そんなものは見えない。

やはり、自分は普通の人間だ。

だが、あの品の中で、絶対に触りたくないと思うのは、壺だった。

九谷焼《くたにやき》の美しい壺なのだが、『嫌だな』と感じた。

候補者が書いた紙が、菊枝に渡され、菊枝から蓉子、そして喜一に渡される。

喜一はその紙を『審神者』に渡すわけではなく、自分の前に伏せた状態で並べた。

御簾の向こうで、『審神者』が喜一に正解を伝える。

その声は、大広間にいるほとんどの者が聞き取れなかった。

喜一が咳払いをして、正解を口にした。

「鬼が憑いている品は壺です」

ああ、と六人中、二人ががっくりとうな垂《だ》れ、四人が嬉しそうにしている。

鬼が憑いていたのは、壺だった。

菖蒲の感覚が当たっていたが、見鬼の力を持っているというわけではない。自分には、何も見えないのだ。

次の試験では、その壺に憑いている鬼はどういうものなのか、また、どういった経緯で鬼が取り憑いたのかを読み解いていく。

他の者の影響を受けないようにするため、解答はすべて紙に書いて提出していた。

その結果、『審神者』に認められた能力者は、十五歳の少年一人だけだった。

庶民出身と思われる少年は年齢よりも童顔で、着物を替えたら少女にも見紛《みまご》うような可愛らしい顔をしている。

『審神者』から認定書と共に破魔矢《はまや》を授与された時は頬を紅潮させて、凛々《りり》しく誇らしげな表情を浮かべていた。

彼はこれから陰陽寮《おんようりよう》に入り、様々なことを学び、国のために働くことになるのだ。

選ばれなかった他の五人は悔《くや》しそうにして、少年を見ていた。

菊枝は、それじゃあ、と彼に向かって声を掛ける。

「その壺に、どんな鬼がついているのか、答えてもらえるかしら？」

少年は、こくりとうなずいて、壺に目を向けた。

「この壺に憑いているのは、蛇霊です」

少年の解答を聞いて、一人の少女が弾《はじ》かれたように顔を上げる。

「わ、私も蛇霊だと思っていて、そう書きました！　なのにどうして？」

喜一は弱ったように眉を下げるも、菊枝はふんと鼻を鳴らして、そっぽを向いた。

「鬼が蛇霊だったくらいのことは、ちょっとの力でも感じ取れるものよ。それよりも、この壺がどうして鬼憑きになったのか——そこまで分からなければならないわ」

そうだね、と喜一が続ける。

「彼は、強い目を持って、この壺にまつわる出来事を見抜いたんだ」

そう言うも少女は今も悔しそうに、顔を歪《ゆが》ませている。

その瞬間、菖蒲は寒気《さむけ》を感じて、思わず自分の体を抱き締めた。

「大変、蛇霊があの子の嫉妬心《しっとしん》に反応したみたいっ」

と、菊枝が焦《あせ》ったように言う。

菖蒲の目には、何も見えないが、イメージは伝わってきた。

壺が真っ黒な靄に覆《おお》われたかと思うと、その靄が大蛇《だいじゃ》のようにとぐろを巻き、天井に向かって伸びていっているようだ。

集められた『白虎』の能力者候補たちは、その姿が見えるらしく、腰を抜かしたようにして、大蛇を見上げていた。

それは『神子』の認定を受けた少年も同じで、怯《おび》えた目を見せていた。

その時だ。

それまで静観していた『審神者』が手を伸ばし、「唵《おん》」と一言だけ唱えた。

その一言で、大蛇の動きが止まったようだ。

候補者たちはホッとした様子で座り直す。

「今、わたしが鬼の動きを止めた。少年、この蛇霊を祓《はら》うことができますか？」

と、『審神者』が、少年に直接話しかけた。

はじめてしっかりと聞こえた『審神者』の話す声。

どこかで聞いたことがある気がして、菖蒲は記憶を探る。

菖蒲がはじめて『審神者』を見たのは、梅咲の家にいた頃だ。もしかしたら、同じ人なのかもしれない。

『神子』に認定された少年は、オロオロと目を泳がせている。

鬼を見ることができても、祓うことはできないようだ。せっかく認定された称号がはく奪されてしまうかもしれない、と不安そうな顔をしていた。

すると、『審神者』は愉しげに言う。

「祓い方はこれから陰陽寮に入って学ぶのだから、今の時点で祓えなくても問題はない。そう怯えなくても大丈夫だ」

そう言うと、少年は安堵《あんど》の表情を浮かべていた。

「それでは、菊枝さんに祓ってもらおうか」

と、『審神者』が言うと、菊枝は、至極光栄《しごくこうえい》にございます、と深く頭を下げて、壺の前に座り、パンッと柏手を打った。

「臨《りん》、兵《ぴょう》、闘《とう》、者《しゃ》――」

と、九字《くじ》を唱えながら二本指を立てて、顔の前にバツ印を描くように手を動かし、

「皆《かい》、陣《じん》、列《れつ》、在《ざい》、前《ぜん》！」

と、最後に上から下へと空を切った。

おおっ、と候補者たちが声を上げた。

閃光《せんこう》が、黒い蛇を散り散りに滅したようだ。

先ほどまで、大広間に広がっていた嫌な感じがなくなっている。

菊枝は誇らしげに胸を張り、元の場所へと座り直した。

「やっぱり、菊枝さんはすごいお人ねぇ」

と、撫子が言うと、慶二は弱ったように言葉を濁《にご》す。

「ああ、まぁ、そうなんだけどね……」

次は、『青龍』の力だ。

どのような試験が行われるのだろう、と菖蒲は息を詰めて見守る。

すると、『青龍』の能力者候補、十人が半分に分かれて座った。

片側五人は、畳に手をついて頭を下げ、もう五人は紙に何かを書いている。

何をしているのだろう？

菖蒲が小首を傾《かし》げていると、慶二が小声で教えてくれた。

「今、頭を下げている五人は、去年ここに集められた候補者なんだ。ここで一年間の予知を既に書いて、提出しているんだよ。今書きものをしているもう五人は、これからの予知を書いているというわけ」

「それでは、本日、『神子』の認定を受けられるのは、去年提出した方々？」

菖蒲が問うと、そういうことだね、と慶二はうなずいた。

「『青龍』の力って、『白虎』とは違って、確かめるのに時間がかかるんだよね」

つまり、一年越しの答え合わせが行われるということだ。

蓉子は、去年の『技能會』で受け取っていた予知の紙を出して、喜一に手渡す。

喜一は上座を振り返るも、『審神者』は首を横に振った。

「――残念ながら、当たったと言える予知はなく、五人全員『青龍』の能力者とは認められないとのこと」

喜一が告げると候補者たちは残念そうにしていたが、落胆はしていなかった。最初から諦《あきら》めきった表情を浮かべていたのだ。自分が書いた予知が当たらなかったのを自覚しているのだろう。

ですが、と蓉子が口を開いた。

「落選した五人は、もう一度だけ挑戦が許されております。今一度と思われる方は、紙と筆を取って、来年の春までの予知を書いてください」

五人全員が、再挑戦を決めたようだ。

紙と筆を取り、予知をしたためている。

皆の紙を回収すると、喜一が、では、と蓉子を見る。

「桜小路家の『青龍』の能力者、我が妻、蓉子に今年一年の予知をしてもらいます」

蓉子は深々とお辞儀《じぎ》をして、姿勢を整え、そっと目を瞑《つむ》る。

シン、と大広間が静けさに包まれた。

ややあって蓉子は、ぽつりと洩らす。

「火の熱さを感じます」

菖蒲は、ごくりと喉を鳴らして、蓉子の次の言葉を待った。

「どうやら、今年は火の龍の勢いがとても強い。その熱は、人々の心を煽《あお》り、それは、デモクラシーやストライキとなって顕《あら》われるでしょう――」


そうして、『技能會』が終わり、次は食事会だ。

客人には一度、別室に下がってもらい、使用人たちが準備に入る。

認定を受けられず肩を落としていた候補者たちも、食事会に参加できると知って、少し嬉しそうにしていた。

やがて大広間にお膳が運ばれ、別室で待機していた客人たちが戻ってくる。

華族などは、食事会から参加する者も多く、人数が増えていた。

『審神者』たちは先ほどと同様、御簾の向こうだ。

皆は『審神者』に一礼をしてから、着席していた。

「それでは皆様、本日は桜小路家での『技能會』にお集まりいただき、誠に感謝いたします――」

と、喜一があらためて挨拶をし、食事会が開始された。

喜一の挨拶が終わるなり、菖蒲は桂子と共に大広間を出た。

「お箏は、中庭の舞台の上に用意してくださっています」

と、桂子が先導しながら言う。

中庭の舞台は、先ほど、立夏が尺八を吹いていた朱色の舞台だ。

そこで、菖蒲はこれから箏の演奏をする。

中庭の舞台まで来ると、大広間の様子がよく見えた。皆は歓談に夢中であり、菖蒲が箏の前に座ったことなど気付いてもいないようだ。

だが、それでいい、と菖蒲は思う。

注目されていない方が、気が楽だ。

「菖蒲様、がんばってくださいね」

と、桂子が舞台の後ろで囁く。

ええ、と菖蒲は拳《こぶし》を握った。

「きっと、立夏様も聴いてくださいますよ」

その一言で、急に緊張が全身を貫《つらぬ》く気がした。

手が震えて、思うように爪がつけられない。それでも右手の親指、人差し指、中指に爪を装着し、大きく深呼吸をして、空を仰いだ。

青空の下、桜が薄紅色の花びらを散らせていた。

演奏するのは、春の曲。

今日に相応《ふさわ》しい曲だ。

菖蒲はもう一度、息を吸い込んで、箏の演奏を始めた。

大広間から聞こえてきていた笑い声が落ち着き、皆が箏の音に耳を傾《かたむ》けているのが分かる。

再び緊張を感じたが、演奏に集中している今は嬉しさもあった。

華道に茶道、そして箏の稽古。すべて、桜小路家に嫁ぐ日を夢見て、励んできた。

彼も聴いてくれているのだろうか？

淡い期待を胸に演奏をしていると、バツン、と鈍い音を立てて弦が切れた。

「……っ」

動揺から、演奏が止まりそうになる。

だが、もし、この席で箏の弦が切れたと知られたら、間違いなく不吉の前触れだと言われるだろう。客人に不快な思いをさせ、桜小路家に恥をかかせることになる。

残った弦だけで、工夫して演奏するしかない。

菖蒲は心を決めて、演奏を続ける。

工夫し、誤魔化《ごまか》しながらも、どうしても切れた弦が必要な場面もある。

どうしよう、と焦りを感じたその時だ。

左後方から、笛の音が響いた。

その音は、切れてなくなった弦の代わりを務めてくれている。

――立夏様。

菖蒲は振り返りたくなる衝動を堪《こら》えて、箏を奏でる。

尺八と箏の音が絡み合い、美しい旋律《せんりつ》となって、大広間へと流れていく。

客人たちがうっとりとしている姿が、目に浮かぶようだ。

嬉しさから涙が出そうになるのを堪えながら、菖蒲は最後まで演奏した。

大きな拍手が大広間から届く。

菖蒲は深くお辞儀をして、すぐに舞台を降りるも、彼の姿は見えない。

「立夏様……？」

中庭を探していると、

「――相変わらず、この家は、染井吉野《そめいよしの》やなぁ」

今時、珍しい京ことばが聞こえてきて、菖蒲は足を止める。

「漆《うるし》は、寒緋桜《かんひざくら》のようですね」

『審神者』の二人が、桜を見上げながら話をしていた。

もう一人は、聞いたことがある声の男性だった。

「そやけど、漆は使い方によってはかぶれてしまう、危ういもんや。そこへいくと、梅の花は、姿は見えずとも、薫《かお》りがある」

「わたしもそう思います」

なんの話だろう？　と菖蒲が小首を傾げていると、

「菖蒲様、大丈夫でしたか。今、お箏を見て、驚いて」

まさか弦が切れてしまったなんて、と桂子が駆け寄ってきた。

「大丈夫よ。立夏様が助けてくださったから……」

言葉にしたことで、実感が込み上げる。

そう、自分は彼に助けてもらったのだ。

菖蒲は嬉しさに胸を熱くしながら、桜を見上げた。

『審神者』たちが言っていたように、この庭の桜は、ほとんどが染井吉野だ。

白に近いほど薄紅色の花びらが、有終の美を飾るように散っている。

それは、菖蒲の目には、激励《げきれい》を送ってくれているように見えた。

「桂子さん、わたし、もっとがんばるわね」

そう言って微笑んだ菖蒲に、桂子は言葉もなく笑みを返す。

そうして、無事、『技能會』は幕を閉じた。

3

『技能會』で立夏と心が一つになったと喜んだ菖蒲だったが、彼は依然として食堂には姿を現さなかった。

時折、屋敷でその姿を見かけることがあっても、立夏はすぐに踵《きびす》を返す。

声を掛ける隙《すき》など、少しもなかった。

彼は、会うことを避けている。

それならば、どうしたら良いかと菖蒲は考え、毎日立夏に手紙を書くことにした。

彼をはじめて見かけた日のことや、今までどれだけ自分がお慕《した》いしていたか。

少し恥ずかしく思いながらも、菖蒲は正直な想いを手紙に綴《つづ》った。

毎夜、手紙を書いて、その手紙は、そっと彼の部屋のドアに挟む。

返事はなかった。

手紙が読まれているのかどうかも分からない。

もしかしたら、読まずに捨てられているかもしれない。

それでも、これしか手段はなくて、毎晩手紙を書いた。

やがて手紙の内容はその日あった出来事や、自分が女学校でどんな勉強をしていたのか、学友のことなど、まるで独り言のようになっていた。

やはり、立夏からの反応は一切なく、心が折れそうになっていた時のことだ。

「まぁ、今夜も立夏さんはお部屋に籠《こも》ってらっしゃるの？　本当にこの婚約に不満がおありなのね」

立夏が今日も食堂に姿を現さないことに、菊枝は嬉々とした様子で言う。

「菊枝さん、おやめなさい」

すかさず窘《たしな》める蓉子に、菊枝は「あら」と心外そうな声を上げる。

「だって本当のことですわ。そういう蓉子さんだって、桜小路家にこの成金華族が、札束を振りかざして入ってくることを良く思っていないでしょう？」

「いやいや、菊枝さん」

喜一が苦笑いで制しつつ、『婚約者の口を止めろ』と慶二に一瞥《いちべつ》をくれる。

この家に来てから、毎日のように続けられるやりとりだ。

菖蒲は、そのたびに曖昧《あいまい》な笑みを返して、なんとかやり過ごしていた。

苦しさが限界を迎えたのは、菊枝のこの言葉だった。

「立夏さんも、あなたがいなければ、食堂で家族と食事ができるんじゃなくて？」

そうかもしれない。

自分がここにいるせいで、彼は……。

そう思った瞬間、菖蒲の手がぶるりと震えて、スプーンが床に落ちた。

カターン、とスプーンが床に落ちた音が思った以上に響く。

菊枝は堪えきれないように、あははと笑う。

「嫌ですわ、本当に。フォークも満足に持てないのかしら」

「菊枝さんってば、あの人が落としたのはスプーンよ」

と、撫子がさらりと続けた。

菖蒲が慌ててスプーンを拾おうとすると、

「そんなことはされなくて結構ですよ」

と千花がすかさずスプーンを拾い、新たなスプーンを置く。

「あ、ありがとうございます……」

すると使用人頭の八重が小さく舌打ちして、千花の手にある落ちたスプーンを奪うように取り、そのまま菖蒲にだけ見えるように屑籠《くずかご》に捨てた。

もう、限界だった。

「ごめんなさい。わたし、具合が悪くて。失礼いたします」

菖蒲は深く頭を下げて、逃げるように食堂を後にした。

「あっ、菖蒲さん」

喜一と慶二が焦ったような声を上げるのを背中で聞きながら、それでも足を止めることができずに食堂を飛び出して、長い廊下を走った。

大きな窓から差し込む月明かり。

庭の桜はすべて散ってしまい、今や緑の葉が夜風に揺れている。

花の命はなんて短いのだろう。

あのひと時だけが、まるで夢のように美しかったのだ。

どこをどう走ったのか、今まで来たことがない廊下に辿《たど》り着いていた。

誰かが追って来るような気がしたがそんな様子もなく、ここは人の気配すらしない。

菖蒲は息を切らしながら壁にもたれ、そのままズルズルと沈んでいくように床に座り込んだ。

壁には、美しい女性の肖像画が飾られていた。

まるで労《いた》わるかのような優しい眼差《まなざ》しに、目頭が熱くなる。

「――ふっ」

涙が滲《にじ》んで、ポロポロと零《こぼ》れたその時、どこからかピアノの音が聴こえてきた。

ベートーベン・ピアノソナタ第十四番『月光《げっこう》』。

ここに来たあの日、彼が聴いていた曲だ。

これは蓄音機から流れているものではない。

誰かがピアノを演奏しているようだ。

――もしかして、立夏様が？

菖蒲はゆっくりと立ち上がり、さら奥へと続く廊下を歩く。

旋律は、少しずつ大きくなっていく。

胸に迫るような、切ない音色だ。

開け放たれた扉の向こうに、広いホールがあり、グランドピアノが見える。

そこに、彼がいた。

鼓動が逸《はや》ると同時に、胸が締め付けられる。

『月光』第一楽章の切ない旋律は、容赦なく菖蒲の心を貫いていくのに、身体を通り抜けた時には、たとえようもない美しさしか残らない。

照明が灯《とも》されていないこの部屋で、月明かりの下、涼やかに凛とした彼の横顔。

間違いなく、彼には『朱雀』の力がある。

まるで孔雀《くじゃく》が切なく歌っているかのような美しい演奏だった。

菖蒲は微動だにできずに、部屋の入口で立ちつくす。

涙が頰を伝《つた》っていることも、この時の菖蒲は、気付いていなかった。

「いつまでそこにいるつもりだ？」

立夏は演奏の手を止めて、冷たく問うた。

菖蒲の肩がびくんと震える。

「あの……『技能會』では、ありがとうございました」

そう言って頭を下げると、立夏は小さく息をつく。

「別に君のためにやったわけではない。弦が切れて『技能會』を台無しにしたとなれば、兄は癇癪《かんしゃく》を起こし、準備をした使用人にいたるまで責め立てられて、解雇問題に発展する可能性があるからな」

「それでしたら、余計にありがとうございました。そんなことにならなくて良かったですし、立夏様と演奏させていただけて嬉しかったです」

菖蒲がはにかむと、立夏は黙り込む。

「――廊下の肖像画を見ただろう?」

一拍置いて、まるで独り言のように口を開いた立夏に、菖蒲は、はい、と答える。

あの廊下を通った者なら必ず目に入れるだろう、とても美しい女性の絵だ。

「……あれは、僕と撫子の母だ」

その言葉に、少し混乱した。

桜小路家の奥様は、茶会で見かけたことがある。

喜一とよく似た上品そうな女性であり、あの肖像画の女性とは、別人だ。

「僕の母は東京の……柳橋《やなぎばし》の芸者だったそうだ。撫子を産んでほどなくして病死したそうで、僕は実の母のことをほとんど覚えていない。あの絵は、僕たち兄妹が母を知ることができる唯一のものだ」

そう言って、立夏はゆっくりと立ち上がる。

菖蒲は、衝撃に言葉が出なかった。

つまり、喜一と慶二は正妻の子で、立夏と撫子は庶子《しょし》だということ。

「父・喜慶は母と妹に入れ込んではいたけれど、僕はどうでもいい存在だったようだ。兄たち……長男と次男には、喜一に慶二と自分の名から漢字一文字と漢数字を与えたが、僕は何ももらえず、立夏の日に生まれたからと、そのまま立夏という名を付けられた。だから、梅咲との縁談も僕ならばと了承した」

そう言って菖蒲を見据《みす》えながら、ゆっくりと歩み寄った。

さらりとした長めの前髪の向こうに、美しい双眸《そうぼう》が冷たい光を帯びている。

その眼差しに、背筋が凍るようだ。

それなのに、真っすぐに見つめられて、胸が高鳴っていた。

彼が近付いて来てくれていることに、どうしようもない嬉しさも感じてしまっている自分に、菖蒲は苦しさを覚えた。

何も言わずにいると、立夏が自分の半歩前で足を止めた。

菖蒲は呼吸もできないほどの緊張感に、戸惑《とまど》いながら彼を見上げた。

「――ガッカリしただろう?」

立夏は歪んだ笑みを浮かべて、菖蒲を見下ろした。

「えっ?」

「一度転落したとはいえ、梅咲家は由緒正しい家だ。生粋《きっすい》の桜小路家の男との縁談かと思えば、半分は芸者の血が流れているんだから。君も、もう俺なんかに良い子ぶる必要はない」

と、立夏は冷ややかにそう告げる。

自分の母親をそんな風に言う立夏に、菖蒲の胸が痛んだ。

「ガッカリだなんて……」

動揺して、思うように言葉が出ない。

ああ、と立夏は顔を歪めて嗤《わら》う。

「――そうか。別に血がどうであれ、『今の桜小路家』と縁を結ぶことができれば、それでいいんだろうな、梅咲家は。一番の目的は家名の回復だろう?」

そう言って立夏は、菖蒲の顎《あご》をつかむ。

「そ、そんなことは……」

強く否定したかった。

だが、梅咲家の再興は、祖父と父の悲願だ。

実際、桜小路家との縁談が決まり、皆がどれだけ喜んでいたか、菖蒲はよく知っているため、言葉が続かない。

「あの手紙も使用人に書かせているんだろう？　もう、あんな小細工はやめてもらえないか。迷惑なんだよ」

立夏は、顔を覗《のぞ》き込んで言う。

心底、軽蔑《けいべつ》した者を見るような瞳を目の当たりにし、菖蒲の全身が凍りつくような気がした。

「どうしてなにも言わない？」

立夏は、菖蒲の髪にそっと手を触れる。

「…………」

言いたいことは、たくさんあった。

それでも、立夏を前にした今、胸が詰まって何も言えない。

こんな状態でも嬉しかった。ようやく、彼と言葉を交わせたのだ。

ひどく冷たい目で見られているのに、自分を見てくれているだけで嬉しいと思ってしまっていた。

「わたしはずっと、立夏様をお慕いしていました……」

絞《しぼ》り出すようにそう告げると、立夏は目を開いたあと、あはは、と笑った。

「まだそんな風に言うとは。父親によく躾《しつ》けられてる」

そんなっ、と菖蒲は顔を上げる。

立夏はチッと舌打ちし、そのまま菖蒲の体を床に押し倒した。

背中に感じた衝撃に菖蒲は、一瞬目を瞑る。再び瞼を開いた時に、至近距離にある立夏の顔に、心拍が跳ね上がった。

すぐ目の前に彼の顔がある。

月明かりの中、青白くも美しく、菖蒲は呼吸を忘れて、彼を見詰め返した。

静かな部屋に鼓動の音が響いているようで、恥ずかしさに目をそらした瞬間、立夏の顔が近付いて、首筋に息がかかった。

「――っ」

頰が紅潮して、ビクンと体が震える。

「……すごいな」

耳元で囁かれた声に、

「えっ？」

菖蒲は小刻みに震えながら、視線を合わせた。

「好きでもない男に押し倒されても、少しも抵抗しないとは。欲しいものを手に入れるためには、簡単に身体《からだ》を差し出すわけだ」

立夏は、侮蔑《ぶべつ》の表情で、口角を上げる。

「……そ、そんな」

ただ、衝撃に反応できなかっただけだ。

何より、彼は『好きでもない男』ではなく、ずっと焦《こ》がれてきた婚約者なのだ。

婚姻の時は、決して抵抗せず、相手にすべてお任せするよう、教わっていた。

これを『躾』というならば、そうかもしれない。

それでも、彼を好きな気持ちは、本心なのだ。

そんな自分の気持ちをどう伝えたら良いのだろう？

菖蒲が目を泳がせていると、立夏は小さく息をついて、体を起こした。

「立夏様？」

そのまま踵を返して立ち去ろうとする立夏の背中に声を掛けると、彼は足を止めて、ほんの少し振り返った。

「さっさと梅咲家に帰るといい。手段を選ばない『お嬢様』の仮面をかぶった娼婦《しょうふ》と縁を結ぶ気はない」

それだけ言って、そのまま部屋を後にした。

――好きでもない男に押し倒されても、少しも抵抗しないとは。

軽蔑に満ちた立夏の声が、脳裏《のうり》に響く。

「……違うのに」

分かってはいた。だが、決定的に突き付けられてしまった。

彼は、心から自分との縁談を望んでいなかったのだ。

「——ふっ」

涙が、ボロボロと零れ落ちる。

誰もいない部屋に、菖蒲の押し殺した泣き声が、静かに悲しく響いていた。

4

「——菖蒲様、菖蒲お嬢様？」

食堂を飛び出したまま姿を消した菖蒲を探すべく、桂子はオロオロしながら屋敷内を彷徨《さまよ》っていた。

まだ慣れぬ広い屋敷は勝手が分からず、まるで迷路のようだ。

目の端に、喜一が足早に廊下を歩いている姿が見えた。

桂子は息をひそめて、喜一の後をつける。

喜一はどうやら、蓉子の部屋へと向かっているようだ。

喜一と蓉子は、夫婦でありながら、別々の部屋を持っている。

彼は蓉子の部屋の扉をノックもせずに開けた。

「ここに立夏は来ているか？」

開け放った扉を閉めもせずにそう叫んだため、隠れて窺《うかが》っていた桂子にも中の様子を見ることができた。

蓉子は化粧台の前に座り、櫛で髪を梳《す》いていたようだ。

突然の夫の来訪に、驚いたように振り返る。

「なんて乱暴な。驚きましたわ。ご覧の通り、ここには、わたくししかおりませんことよ」

と、蓉子は櫛を置いて、微笑む。

喜一は舌打ちして、髪をかき上げた。

「まったく、あいつはどこに行ったというのか」

「立夏さんがどうかされましたの？」

蓉子はゆっくりと立ち上がり、花瓶に飾っている白い薔薇《ばら》を一輪手に取って、香りを嗅《か》ぐ。

「どうかってお前も分かっているだろう？　もう三週間も経つのに、ずっと婚約者をないがしろにしている！　このままだったら、あの娘はこの家を飛び出してしまうぞ」

まぁ、と蓉子は目を細める。

「それならばいっそ帰して差し上げたらどうかしら。あの子もとてもおつらそうで、わたくしも見ていられませんわ」

「――馬鹿《ばか》なことを言うな！」

と、喜一は壁に拳を当てた。

「梅咲との縁談をふいにしてしまったら、我が家はこれからどうなる？　この屋敷を管理していくだけでも莫大な金がかかるんだ。お前はうちに没落してほしいのか？」

目を剝《む》き声を上げる喜一に、蓉子はふふっと微笑んだ。

「この家の管理にお金がかかるだなんて。正直に花街《かがい》で遊ぶお金がなくなると困ると仰ってはいかが？　それとも神戸にお金がかかりすぎていらっしゃるとか？　手に負えないものを相手にすると、身を滅ぼしますことよ」

そう告げた瞬間、喜一は勢いよく蓉子の頰を平手打ちした。

「っ」

蓉子は絨毯《じゅうたん》に倒れ込み、そのままゆっくりと上体を起こす。

「家名だけで財産もなく、子もなせず、さらには『青龍』の力も薄れているおまえが生意気なことを言うな！　今回の『技能會』だって、おまえの力が薄れているためにいくら金をかけたと思っているんだ。離縁されないだけありがたいと思え！　いいか、立夏はおまえに懐《なつ》いている。しっかり言って聞かせるように！」

喜一は吐き捨てるように言って、勢いよく部屋を出て行く。

蓉子は床に落ちた薔薇の花をグッと握る。白い薔薇は、棘《とげ》に傷付いた掌《てのひら》から滲み出た血で、じんわりと紅く染まっていった。

その様子の一部始終を見ていた桂子は、ごくりと喉を鳴らして、その場を離れる。

一見、良好な関係に見えた夫婦だったが、あの様子を見る限り、そうではないようだ。家名だけで、と叫んでいた喜一の言葉を思い出し、桂子は歩きながら眉を顰《ひそ》める。

華族の爵位《しやくい》の序列は、公・侯・伯・子・男。

華族は、皆、宮家の流れを汲《く》んでいるが、爵位が上であるほどに、その血脈はより強い。

賀茂家のように、帝《みかど》の側で国のために仕える家が、公爵《こうしやく》だ。

『神子』に侯爵《こうしやく》の位が授けられるのは、神の力を与えられた者であることが認められると同時に、宮家の血筋の隔世《かくせい》遺伝が現われたとされるためだ。

桜小路家は、伯爵《はくしゃく》。今の梅咲家は、男爵《だんしゃく》だ。

菊枝の家、漆原《うるしはら》家も伯爵だが、彼女が『神子』のため、侯爵となっている。

そして蓉子は、公爵家の出だったはずだ。

桜小路家とすれば、願ってもない縁談の相手だろう。

また、『青龍』の力が薄れているという言葉や、『神戸にお金がかかりすぎている』とは、どういうことなのか？

『手に負えないもの』とも言っていた。喜一の愛人が神戸にいるのだろうか？

考えながら廊下を歩いていると、外に人影があるのを目の端で捉《とら》えた。

もしかして菖蒲様？　と桂子が目を凝らして確認する。

その人物は立夏だった。

「まぁ、こんな時間にお散歩かしら？」

菖蒲様のことを訊ねてみよう。

そのついでに、遠回しに嫌味のひとつでも言ってやれたら……。

と、桂子は足取り荒く勝手口から外に出て、立夏の許《もと》へ向かう。

「――立夏様」

か細い女性の声がして、桂子は足を止めた。

「会いたかった、千花」

立夏は嬉しそうに言って、濃紺のワンピースに白いエプロンをつけた使用人の頬にそっと触れる。

「っ！」

桂子は咄嗟《とっさ》に物陰に隠れ、息を呑んで二人の様子を窺う。

「……もう、こうして会うのはいけませんわ。立夏様は、菖蒲様と……」

と、千花がうつむくも、

「僕が愛しているのは君だ」

立夏は、彼女の肩を抱き寄せた。

その光景に桂子は、凍りついたように立ち尽くした。

なんということでしょう、と声にならない声を洩らす。

衝撃と共に、使用人頭の八重がどうしてあれほどまでに菖蒲につらくあたるのかも、瞬時に理解した。

千花は、八重の娘だったからだ。

「これは、許せません。ご主人様に報告しなくては……」

桂子は静かに囁き、音を立てぬよう、その場を離れた。

第四章　菖蒲《あやめ》の恋慕

1

――早朝。

「急に会いたいという便りが届いたから、何事かと思ったよ」

桂子《けいこ》が下鴨《しもがも》神社の境内《けいだい》で佇《たたず》んでいると、一人の青年が歩み寄ってきた。

彼を前に、申し訳ございません、と桂子は深々と頭を下げる。

「いつもはお手紙で報告させていただいておりましたが、一刻も早く直接お耳に入れたいことがございまして」

そうか、と青年は微笑《ほほえ》み、

「それじゃあ、歩きながら聞こうか。今朝も糺《ただす》の森《もり》は美しい」

と、境内の、まるで深い森のような木々を眺《なが》めて、ゆっくりと歩き出す。

桂子は、はい、と彼の半歩後ろを歩きながら、桜小路《さくらこうじ》家で見聞きした一部始終を話してきかせた。

なるほど、と青年は目尻を下げる。

「菖蒲《あやめ》の許嫁《いいなずけ》は、使用人に夢中だった。喜一《きいち》はそのことを知って、慌てて菖蒲を呼ぶことにしたわけだな」

「わたくしもそう思います」

と、桂子は同意して、話を続ける。

「蓉子《ようこ》様の『青龍《せいりゅう》』の力が薄れているというのは……？」

「まぁ、そうだろう。彼女は年々、予知ができなくなっているという噂だ」

「ですが、『技能會《ぎのうえ》』では、予知を口上されていましたが……」

「うん、あれも、実は他の能力者に依頼したという噂がある。それに結構金を使ったとかね」

「では、最早《もはや》『神子《みこ》』ではないと？」

「そこまでは言っていない。力が薄くなっているだけだろう。『神子』にはよくあることなんだ」

青年の言葉に納得がいかず、桂子は眉を顰《ひそ》めながら訊《たず》ねる。

「わたくしは、『神子』について詳しくないのですが、一度『神子』と認められたら、その称号は、たとえば力が消えてしまったとしても、一生保持していられるものなのでしょうか?」

いいや、と青年は首を横に振る。

「もし、能力がまったく使えなくなり、『審神者《さにわ》』が『一般人』と認めたら、『神子』の称号は、はく奪……というと聞こえが悪いね。没収されることになる」

「では、爵位《しゃくい》は……?」

「それはそのままだよ。ただ、『神子』には国から色々な仕事が与えられる。それが一切なくなってしまうから、没落の危機にはさらされるだろうね。『神子』じゃなくなった途端、周りも掌《てのひら》を返すし、まぁ、ほとんどの場合が破産すると思うよ。だから、『神子』は自分の力が薄れているのを必死に隠そうとする。『審神者』に隠せるものではないというのにね。おそらく、喜一が屋敷で『技能會』を復活させたのは、蓉子さんの力がなくなるのを恐れてのことだろうね。もし力がなくなったとしても、『当家は国に貢献していく』というアピールと、新たな力の強い『神子』の確保を目的としているだろう」

そういうことでしたか、と桂子は納得して、うなずく。

「『技能會』では、華族が『神子』認定を受けた少年に群がっていましたね」

「彼は庶民の出だし、あわよくば養子、もしくは娘の婿《むこ》にと考えているのだろうな。今の世の中、『神子』の奪い合いだ。『神子』を特別待遇しすぎるから、こんなふうにおかしなことになるんだよな」

やれやれ、と青年は肩をすくめる。

桂子は小さく笑った。

「ご主人様も『神子』であらせられるのに」

「だからだよ。歪《ゆが》みを強く感じるんだ。今、その歪みが桜小路家に集中している気がする……」

青年は空を仰ぎ、大きく息を吐く。

「彼《か》の方が成し遂げられなかったことをやらなければ、と思っている」

桂子は黙って、相槌《あいづち》をうつ。

「あと、気になるのは、『神戸』だな」

と、青年が思い出したように洩《も》らした。

「わたくしは、喜一さんの愛人が神戸にいるのかと……」

「その程度のことならいいんだけど。ちょっと調べてもらえるかな。もちろん、僕の方でも調べてみるけど」

「畏《かしこ》まりました。それで、菖蒲様の件はどういたしましょう？」

そうだね、と青年は腕を組む。

「当然ながら、僕はあの子を桜小路家に嫁がせるのは反対だったんだ。来年までになんとかするつもりだったんだが……、こうして早くに桜小路家に入ることになったのも、何かの思し召しだろう。とはいえ、遅かれ早かれ、あの家を出てもらうつもりだよ」

「わたくしに、箏《こと》の弦が切れやすく細工するよう指示したのは、そのためですか？」

桂子が低い声で訊ねると、青年は、ふっ、と口許《くちもと》を緩《ゆる》ませる。

「半分、正解だね」

桂子が何か言いかける前に、青年は話を続ける。

「菖蒲のことは、桂子さん、君の判断に任せるよ。そしていつも通り、カラスに報告の手紙を渡してくれればそれでいい」

えっ、と桂子は驚いたように顔を上げる。

「私に任せていただけるのですか？」

「ああ、僕は君を信頼している。そうだ、せっかくだし、本殿に詣《まい》っていこうか」

青年は楼門《ろうもん》を見上げて、嬉しそうに言う。

そうですね、と桂子は微笑んだ。

2

立夏《りっか》に押し倒された後、菖蒲は体を引きずるように自室に戻り、ベッドに伏せった。

勢いよく押し倒された時の衝撃が体に残っているようで、ズキズキと痛んでいる。これは、おそらく体の痛みではなく、心の痛みだろう。

あの時の彼は、行為こそ驚くべきものだったが、さほど乱暴ではなかったのだ。

この痛みは、あの冷たい目を見てしまったから。

そして、あの行為は、自分を追い出すためのものだと感じてしまったから。

そんなにも彼は……。

「わたしが、お嫌いなんだ……」

ぽつりと零《こぼ》すと、涙が滲《にじ》んでくる。

毎夜、想いを込めてつづった手紙も、誰かに書かせたものだと思い込んでいる。

何ひとつ彼に伝わっていなかった。

彼にしてみれば、そうだろう。今までちゃんと会ったこともないのに、『お慕《した》いしていた』なんて伝えたところで、誰が信じるというのだろう。

ただの企《たくら》みだと思われても仕方ない。

桜小路家と縁を結び、家名を回復したいが故《ゆえ》の手段だと思われても仕方ない。

——だけど、わたしは本当に、ずっとお慕いしていたんです。

まるで絵本に出て来る王子に恋をしたかのように。

あの日、ピアノを奏でるあなたの姿に、ずっと惹かれてきた。

せめて、他の家の娘ならば、曰《いわ》く付きの家でなく、もっと身分が高かったならば、あんな目で見られずに済んだのだろうか？

桜の庭では、あんなに素敵な笑顔を見せてくれたというのに。

——立夏様。

菖蒲が自分の体を抱き締めるように身を縮ませて、声を殺して泣いていると、いつの間にか、空が明るくなっている。

一睡もできないまま、夜が明けたようだ。

ふぅ、と息をついて体を起こした時、コンコン、とドアをノックする音がした。

「菖蒲様、起きていらっしゃいますか？」

と、桂子の声がする。

「桂子さん」

菖蒲は涙を見られないように指で拭《ぬぐ》い、いいわよ、と声を掛けた。

桂子は静かに扉を開けて、菖蒲の前に立つ。
「こんなに早い時間に申し訳ございません」
ううん、と菖蒲は首を横に振る。
桂子の体から、緑の匂いがした。
早朝、庭の散歩をしていたのだろうか？
そう思いながら桂子の表情を見ると、とても険しかった。
そういえば、自分は昨夜、食堂を飛び出したのだ。
そのことで彼女にも迷惑を掛けてしまったのかもしれない。
食事中に飛び出すなんて、礼儀知らずな娘だと桂子が責められた可能性だってある。
「ごめんなさい、桂子さん……」
申し訳なさに身を小さくすると、
「菖蒲様」
話を遮《さえぎ》るかのように、桂子は強い口調で言った。
桂子が怒っている。
いつも温和で優しい彼女がこんな厳しい表情をするなんて……。
梅咲《うめさき》家の立場も考えない行動をした自分に、怒っているのだろう。

菖蒲がグッと俯《うつむ》いたその時、

「――この家を出ましょう、菖蒲様」

桂子は同じ面持ちのまま、そう告げた。

「えっ？」

「もうこんな家にいる必要はございません。菖蒲様は何もご心配なさらなくて結構です。私が旦那様にすべてを説明いたします。いくら桜小路家との良縁とはいえ、あんまりです。高貴なのは、家名だけ。ここはなにもかもが最低です」

感情に任せるかのように、捲《まく》し立てる桂子に気圧《けお》され、菖蒲は目を見開いた。

「わたしが飛び出したあと、食堂でなにかあったのですか？」

「食堂ではございません」

桂子はそう言って苦虫を嚙《か》み潰《つぶ》したように顔を歪ませた。

「立夏様です、菖蒲様」

その名に、鼓動《こどう》が跳ね上がる。

もしかして、あの部屋での出来事を見ていたのだろうか？

彼が自分を押し倒し、冷たい眼差《まなざ》しで厳しい言葉を告げたことを思い返して、菖蒲は何も言えなくなり、口をつぐむ。

「立夏様には、想う方がおられます」

言い難《にく》そうに告げた桂子に、えっ？　と菖蒲は顔を上げた。

「千花《ちか》さんと想い合っているようです。庭での逢瀬《おうせ》を見てしまいました」

「……立夏様と千花さんが？」

千花は、蓉子さんの側に付き添っている、自分と同世代の使用人だ。

立夏と千花が寄り添う姿が脳裏《のうり》に浮かぶなり、菖蒲は瞬時に様々なことを理解して、そっと口に手を当てた。

「そう、だったのね」

そういうことだったんだ。

それで、彼は自分を追い出そうと、わざとあんなことをしたのだ。

菖蒲の手が小刻みに震えているのを見て、桂子は慌てて身を乗り出した。

「申し訳ございません、菖蒲様。本当ならば伝えない方が良かったことなのかもしれないのですが……」

桂子がそこまで言いかけた時、

「良かったぁ……」

と菖蒲が息を吐くようにそう告げた。

「菖蒲様？」

桂子は戸惑《とまど》った様子で、菖蒲の顔を覗《のぞ》く。

「立夏様はわたしのことを『梅咲家の娘』だから毛嫌いしていたわけではないのでしょう？　わたし自身をどうしても生理的に受け付けないとかではないのでしょう？　他にお好きな方がいて、その方が大切だから、『許嫁《いいなずけ》』という存在を邪魔《じゃま》に感じていたということなのよね？　立夏様は、身分で女性を選ぶような方ではなくて、想う方のために他の女性に冷たくすることができる――そんな方だったのよね。良かった。やっぱり、わたしが好きになった方です。やっぱり、立夏様は……」

そう言いながら、菖蒲の目から涙が零れ落ちた。

残念なのは、その想う相手が、自分ではなかった。

それだけのことだ。

――家も財産も関係なく、あなたにそれだけ想ってもらえたら、どれだけ幸せだっただろう？

そんな風に思っても仕方ない。

人の気持ちというのは、どうしようもないのだから。

これはとても簡単な話だ。

素敵な王子様がいて、その王子様は身分も何も関係なく、家の使用人を選んだけれど、その恋路の障害となる、親が決めた許嫁《わたし》がいた。

自分は、この恋の物語の主人公になれなかっただけだ。

王子様は、愛しい彼女のために、その厄介《やっかい》な邪魔者を追い出そうとしていただけ。

最初に見せてくれたあの優しい笑顔は、決して偽《いつわ》りではなかったんだ。

「わたしが『許嫁』でなければ、友人として、もしかしたら、あの笑顔を今も見せてくれていたのかもしれないのよね」

「……菖蒲様」

跪《ひざまず》いて心配そうに顔を覗く桂子に、菖蒲は涙を流しながらもそっと微笑んだ。

「そうね、これ以上邪魔者になるわけにはいかないわ。家に帰ろうと思います」

邪魔者だなんて、と桂子は目を剝《む》いた。

「何を仰るんですか。今の桜小路家なんて家名だけで没落寸前です。この大きな屋敷だって維持できているのは、梅咲家の恩恵《おんけい》があってこそ。桜小路家と縁を結べなくとも、今の梅咲家ならば、引く手数多《あまた》ですわ、梅咲家の宝を傷付けたことを絶対に後悔させて見せます！」

その強い言葉を受けて、菖蒲は息を吞《の》んだ。

——そうだ。

自分がこのまま梅咲家に帰ってしまえば、大変なことになる。

「ごめんなさい、桂子さん、わたし、もう少しだけここにいることにするわ」

桂子は、何も言わずに顔をしかめる。

「ここで、やりたいことができたの」

「どういうことですか？」

菖蒲ははにかんで、言葉を濁《にご》す。

立夏様と千花さん、二人の恋を応援する側にまわれたらと思う——そう伝えたなら、きっと桂子は呆《あき》れるだろう。

恋焦《こいこ》がれてきた婚約者の恋を応援する。

こんなことをしようとする自分を誰かが見たら、馬鹿《ばか》だと嗤《わら》うに違いない。

良い子ぶっていると、偽善的だと陰で笑う人もいるかもしれない。

本当は自分だって、好きな人の恋の応援なんてしたくはない。

だけど、仕方がない。彼の瞳に、自分は憎き邪魔者としか映らないのだから。

それならばせめて、少しでも、『あの子は良い子だった』と思ってもらいたい。

3

気持ちが少し落ち着いた頃、菖蒲は庭へと向かっていた。

うららかな午後、立夏は東屋《あずまや》で書き物をしていることが多い。

菖蒲は、勉強をしているのかもと、いつも邪魔にならないように遠目に窺《うかが》っていた。

今日も東屋で万年筆を手に、没頭するように何かを書き綴《つづ》っている立夏の姿に、胸が締め付けられるような気がした。

なんて真剣な表情だろう。

こんな時に側へ行くなんて、さらに嫌われてしまうかもしれない。

それでも屋敷で顔を合わせても踵《きびす》を返されるだけだ。

接近できるのは、今しかない。

菖蒲は強く拳《こぶし》を握りしめて、足音をあまり立てないよう、立夏の元へ歩み寄った。

一歩一歩、彼に近付きながら、ドキドキと心臓が早鐘を打つ。

彼はまだ、菖蒲の存在には気付いていない。

万年筆を手に、何かを綴る。その伏せた眼差しが真剣で、菖蒲は緊張感からごくりと喉を鳴らした。

てっきり帳面を開いて勉強をしているのかと思ったものの、彼の手元にあったのは、小説家が、文章を書き綴るのに使う紙――原稿用紙だった。

ということは、彼は小説を書いている？

「――すごいです」

思わず声に出してしまい、菖蒲は慌てて口をつぐんだ。

しかし時既に遅く、立夏は菖蒲の存在に気付き、弾《はじ》かれたように振り返り、立ち上がろうとした。

「お待ちください、立夏様。お話があるんです」

立ち去られてしまう前にと、菖蒲は勇気を振り絞《しぼ》って声を上げる。

しかし、立夏は動きを止める様子もなく、そのまま歩き出す。

「わたし、この家を出ますっ」

立夏の背中に向かって声を上げると、彼はようやく足を止めた。

「ですから、もう、わたしは……立夏様の許嫁ではありません」

自分が発した言葉に、ずきん、と胸が痛んだ。

彼に出会い、将来の旦那様だと告げられたあの時から、彼の花嫁になることだけを夢見て生きてきた。

まるで人生の目標を失ってしまったようだ。

決定的な言葉を口にし、自分が思った以上に衝撃を受けていることに戸惑いながらも、必死に話を続ける。

「ですので、少しお話を……」

立夏は少しの間のあと、ゆっくりと振り返った。

「どういう、つもりだ？」

訝《いぶか》しげな瞳だった。

無理もない、と菖蒲は苦しさを感じながら、言葉を続ける。

「わたし、知ってしまったんです。立夏様は千花さんと想い合っているのですよね？」

そう言うと、立夏は驚いたように瞳を揺らした。

「他の方と愛し合っている人の許に嫁ぐのは、お互いに不幸だと思ったんです」

側室《そくしつ》の文化は、明治維新後に廃止されていた。しかし華族の中には、今も当たり前のように外に女性を囲っている者もいる。だが、決して幸せそうではない。

立夏も、庶子《しょし》として悲しい想いをした一人だ。

「身分の差や色んな垣根を越えて想い合う立夏様と千花さんは、物語のようで、とても素敵だと思います。わたくしも微力ですが応援したいと、そう思ったんです」

菖蒲の思いもしない言葉に、立夏は言葉を失くして、立ち尽くしていた。

「何を企んで……」

立夏はそう言いかけて、それ以上口にするのはやめたようだ。

菖蒲の表情を見て、本気であるのが伝わったのだろう。

「応援などしなくていい。君はすぐにでも梅咲に逃げ帰って、自分がされた仕打ちのすべてを伝えるといい」

そう告げた立夏に、菖蒲は首を横に振る。

「いいえ」

静かに、それでも強い口調で言うと、立夏は驚いたようだ。

「このままわたくしが逃げるように帰ることは、双方の家に良くないと思うのです。あなたとの縁を結ぶことはできませんでしたが……」

自分の言葉に、胸が痛み、菖蒲はほんの少し目を細めた。

「婚約解消後も、桜小路家とは良い関係でいたいと思うのです。その方が千花さんのためにも良いと思うんです」

今、分かった。

『技能會』で助けてくれたのも、彼女のためだったのだ。

使用人の彼女が責められては困ると思ったのだろう。

精一杯の強がりに、今にも涙が流れそうだったが、それをこらえて視線を合わせる。

以前は、『嫌悪《けんお》』の色しか帯びていなかった彼の瞳。

今はその鋭《するど》さがなく、菖蒲の胸に熱いものが込み上がる。

——立夏様が、嫌悪や憎悪以外の瞳で、わたしを見てくれている。

良かった。

あなたに嫌われたまま立ち去るより、ずっと幸せだと思う。

好きなんです。お慕いしていたんです。

あなたに出会ったその日から。あなたにとっては、手前勝手で、一方的に盛り上がった想いかもしれない。それでも、とても大事にしてきた恋。

この恋の舞台で、主役にはなれないことが分かった今、悪役のままではいたくない。

王子様の幸せを祈って、海の泡となった海外の童話の姫のように、自分はあなたのために綺麗に去りたいと、心から思う——。

そんな菖蒲を前に、立夏は心底不可解そうに顔をしかめた。

「——どうして君は……」

「あ、あの。お話を聞かせていただけませんか?」

立夏が何を言おうとしているのか、口に出す前に察した菖蒲はその言葉を遮った。

「話?」

「はい。立夏様と千花さんは、どのように親しくなったのか、お聞きしたいです」

ためらいながらもそう尋ねると、立夏は小さく息をついて、手にしている原稿用紙を持ち上げた。

「これだよ」

「これと申しますと？」

「下手の横好きで、文学を嗜《たしな》んでいてね」

ぎこちなくそう言う彼に、菖蒲の胸が高鳴る。

「人に読ませられるような代物《しろもの》ではないんだが、書いた以上は『誰かに読んでもらいたい』と思うのは、物書きの本能なのかもしれない」

「それでは、お書きになった小説を千花さんに？」

「……偶然だったんだ。書きかけの原稿がなくなっていて探していたら、いつの間にか部屋の机の上にあった。それに感想の手紙が添えられていたんだ。誰が書いた手紙なのか分からずに、人に問うていたら、それが千花だということが分かった」

『千花』と呼ぶ声の優しさに、今度は胸が騒いだ。

分かりやすい嫉妬《しっと》だ。

良い子ぶりながら、格好をつけながら、彼があの子の名を呼んだだけで胸が痛む。

きっと、彼女が書いた感想は、彼の胸に響いたのだろう。

「――それから、書いたものを彼女に読んでもらうようになった。彼女は感想をいつも綺麗な字で書いてきてくれる。いつしか僕は、彼女のためだけに物語を綴《つづ》るようになったんだ」

決定的に斬り付けられた気がした。

一刀両断だ。立ち入れない、二人の仲。

だが、そんなのは、もう分かっていたこと。

菖蒲は無理やり、口角を上げる。

「そう、ですか。わたしも読書が好きで……本当に好きでして、もし許されるなら、わたしも立夏様の書いたものを読んでみたかったです」

そう言うと、立夏はまた戸惑ったように顔を強張《こわば》らせる。

困らせてしまっただろうか？

自分の発した言葉を後悔していると、

「僕が書き上げたものは、ピアノのある部屋の棚に積んでいる」

と、立夏はそれだけ言って、菖蒲に背を向けた。

4

「まったく、菖蒲様は何を考えているのかしら」

桂子は、誰もいない菖蒲の部屋で洗濯物を畳みながら、ぽつりと独りごちる。

あれから、一週間。

何が起こったのか分からないが、立夏が食堂に姿を現すようになったのだ。

それに伴い、菊枝たちの菖蒲への露骨《ろこつ》な嫌味が控えられるようになった。

とはいえ、言葉の端ばしに棘《とげ》があることは変わらず、

「もうすぐ慶二《けいじ》さんの誕生日ですわね。パーティではきっと梅咲氏が素晴らしいプレゼントを用意してくれるでしょうね。なんでも買えるくらいお金持ちですもの、成金は違うわね」

と嗤う菊枝《きくえ》の言葉にも、菖蒲は曖昧《あいまい》な笑みで返していた。

「実際、菖蒲様は毎日、どこか楽しそうなのよね……」

桂子は手を止めて、菖蒲の机に目を向ける。

いつもどこからか、紐で括《くく》られた原稿用紙の束を抱えて来ては、夢中になってそれを読み耽《ふけ》っている。毎日立夏に綴っていた手紙を書くことをやめて、今は帳面に

日記を綴るようになっていた。

その帳面をどこかに持ち出しては、持って帰ってきて、

『やっぱり、これしかないわよね』

等と言ってうなずいていた。

菖蒲の尾行をしたかったが、最近、使用人頭の八重《やえ》から仕事を押し付けられることが多く、それも叶わない。

カラスに餌《えさ》をやる振りをして、報告の手紙を送るだけでも精一杯だ。

ふぅ、と桂子が息をついていると、菖蒲が部屋に帰ってきた。

「ああ、桂子さん、ここにいてくれたのね」

はい、と桂子はうなずく。

屋敷をうろついていては、また八重に何か押し付けられるため、菖蒲の部屋で仕事をしているのが無難だった。

お願いがあるの、と菖蒲は自分の机に行き、白い封筒を手に取った。

「この手紙をお父様に送ってほしくて」

と、封筒を差し出した。

「旦那様に手紙ですか？　何を書かれたのでしょうか」

「中を見てもいいわよ。もうすぐ、慶二さんのお誕生日パーティがあるでしょう？

その時にぜひ、お父様にも来ていただきたいという、お願いのお手紙なの」

見ても良いというので、桂子はまだ閉じられていない封筒から、手紙を出す。

内容は、菖蒲の言った通りだ。

もしかしたら、彼女は父親にここに来てもらい、自分の境遇を分かってもらおうとしているのかもしれない。

「分かりました」

桂子は封筒を持って、そのまま部屋の外に出た。

5

それから、約二週間。

菖蒲の手紙は、無事、梅咲耕造《こうぞう》に届いたようだ。

返事と共に、桜小路家に菖蒲の新しいドレスが山のように届いた。

そのことを知って、憤慨《ふんがい》したのが菊枝だった。

烈火《れっか》のごとく怒り狂い、廊下を勢いよく早足で歩き、

「聞いてくださいな！」

その勢いのまま、撫子《なでしこ》と蓉子がいる応接室のドアを開けた。

紅茶を飲んでいた二人は、驚きながら菊枝を見た。

「やだ、菊枝さん、そんなに怒って、どうかなさったの？」

撫子が少し呆れたように言うと、菊枝は鼻息を荒くする。

「また、あの娘の許にドレスが届いたのですよ。これで何着目かしら？　慶二さんの誕生日パーティだというのに、何か勘違いしているのではなくて？」

あらあら、と蓉子は苦笑する。

「ドレスは梅咲家が寄越したもので、あの娘の意図《いと》ではないでしょう？」

「どっちでも同じことよ！　あの娘は関係ないというのに、忌々《いまいま》しい」

「そうともいえないのよ。慶二さんの誕生日パーティには、いつもたくさんの財界人が集まりますし、誕生日パーティであると同時に、菖蒲さんのお披露目会《ひろめ》の意味合いも持つと思います。実際、パーティのために多額の援助もしてくださっていますわ」

そう言った蓉子に続いて、撫子が、ほんとに、と笑う。

「梅咲家の気合いが感じられますわね」

菊枝は面白くなさそうにソファに腰を下ろす。

「なんでも札束をチラつかせるところも、許せませんわ！」

菊枝は悔《くや》しそうにレースのハンカチを握りしめる。

やれやれ、と撫子が苦笑して紅茶を飲んでいると、菊枝は部屋の隅に立つ使用人の千花に目を向けた。

「ねぇ、あなたやあなたの母親は最近、あの娘に随分《ずいぶん》話しかけられているようね？」

急に話を振られ、千花は驚いたように顔を上げる。

「は、はい。お声を掛けていただいております」

「あの娘、何か企んでいたりしない？」

「企みなど、そんな」

千花は、ぶんぶん、と首を横に振った。

ねぇ、と撫子は、菊枝に視線を送る。

「菊枝さんは、どうして、あの娘をそんなに毛嫌いするの？　流刑者《るけいしゃ》を出した梅咲家の人間だから？」

「そうよ、と言いたいところだけど……ただの勘ね。嫌な予感がするのよ。あの娘はこの家にとって良くないわ」

あら、と撫子は目を瞬《またた》かせる。

「菊枝さんは、『白虎《びゃっこ》』の力だけじゃなく、『青龍』の力も持っているの？」

「微《かす》かによ」

「それじゃあ、わたくしの未来がどうなるか、占っていただけます？」

と、撫子は前のめりになる。

「撫子さんは、どこに行っても愛されるでしょうよ」

菊枝は背もたれに身を預けながら、息を吐き出して言う。

「あら、ありがとう、菊枝さん」

撫子はにこりと微笑む。

毒気を抜かれたのか、菊枝は立ち上がり、

「お騒がせしたわね」

と、応接室を出て行った。


桜小路家の末娘・撫子は、立夏と同じ母から生まれた愛人の子であったが、女子であるということと、その類稀《たぐいまれ》なる美しさから、父親の溺愛《できあい》を一心に受けていた。

立夏が桜小路家に引き取られたのは、撫子のおかげといっても過言ではない。

そんなわけで、撫子は立夏とは違い、桜小路家では肩身の狭い思いをすることなく、奔放《ほんぽう》に過ごしていた。

とはいえ、自分が庶子であるという劣等感は根底にある。

その負の感情は、美しい兄・立夏の存在が癒《いや》してくれた。

『私たちは、愛人の子かもしれない。だけど、こんなにも美しいのだ』

一種の運命共同体のような思いを抱いていた。

自分はきっと、政略結婚で名家に嫁《とつ》ぐのだろう。

これまでは、兄も同じような名家の娘と結ばれるに違いないと信じていた。

しかし、兄は違っていた。

こともあろうか、と撫子は、千花に視線を移す。

屋敷の使用人と恋に落ちたのだ。

このことを知っているのは、自分と蓉子だけだ。

驚いたものの、すぐに兄を見直した。名家に嫁いで、自分の内側にある劣等感を払拭《ふっしょく》しようとする自分とは違う。身分に関係なく人を愛せる兄は素晴らしいと、思うようになった。

そこにやってきた、曰く付き名家の成金娘の梅咲菖蒲。

昔から梅咲の娘が許嫁であることは知っていた。けれど、まだまだ先の話であり、実感が湧いていなかったのだ。

彼女が家に入ってきたことで、急に兄の結婚が現実的になる。

――きっと喜一お兄様が、立夏お兄様と千花さんの仲を嗅《か》ぎつけて、事を急いだに違いない。

『さて、どうなることやら』と、最初は面白いものを見るように観察していた。

菖蒲を見ている内に、だんだんと、鼻についてきた。

あれだけ嫌味を言われても笑顔を絶やさず、いつも耐えている菖蒲の姿は、健気《けなげ》を通り越して、気持ちが悪い。彼女が使用人や庶民の出身なら分かるが、曲がりなりにも大富豪のお嬢様なのだ。

慶二は、菊枝という婚約者がいながら、そんな彼女の『健気風』な姿に、まんまとしてやられているようだが、撫子は違う。

一方、立夏はなるべく菖蒲と関わりを持たないよう、努力しているようだった。元々が優しい人だ。変に期待を持たせたくないのだろう。


「――ねぇ、撫子さん。不思議だと思わなくて？」

撫子が、ぼんやりと思いに耽っていると、蓉子がぽつりと口を開いた。

「なにが不思議なんですの？」

これから、面白い話をしてくれるに違いない。

撫子は期待を抱きながら、次の言葉を待つ。

「菖蒲さんよ。千花さんに伺ったのだけどね。なんでも、立夏さんと千花さんの仲を知ってしまったそうなの」

「えっ、本当ですの？」

「ええ。そのうえで、千花さんに『あなたのお力になりたいの』と言ってきたそうよ。これって、どうにも不可解よね？」

「力になるって、どういうことですの？　愛人として良い待遇で囲ってあげるとでもいうのかしら」

さぁ、と蓉子は小首を傾《かし》げる。

やれやれ、と撫子は息をついた。

「まぁ、わたくしにはどうでも良いことですが」

どうでも良い、と言いながら、面白くない気持ちが込み上がる。

——ああ、やっぱり。健気な振りをしながら、随分と図太い女だったわけだ。

桜小路の家名のためなら、そんな些細なことには目を瞑《つむ》れるのだろう。

話を聞きながら、撫子は頬《ほお》を引きつらせるようにして口角を上げる。

ですが、と蓉子は頬に手を当てた。

「わたくしにはそれが本心とはどうも思えなくて。他に考えがあるのではないかしら」

「……お兄様の心を奪えると思っているとか？」

そうかもしれないわね、と蓉子は相槌をうつ。

「今は菖蒲さん、立夏さんの書いた小説を熱心に読みこんでいるそうよ」

そこまで聞いて、撫子は鼻で嗤った。

「なんなんでしょうね。そうやっていたら、お兄様の心をつかめると思っているのかしら？　浅知恵もここまでくると、ムカムカしてきますわ」

撫子は勢いよく立ち上がり、

「お先に失礼いたしますわね」

と、応接室を出ようとして、ドアノブに手を掛ける。

部屋を出る瞬間、蓉子がそっと口角を上げたのを目の端で捉《とら》えた気がした。


その後、撫子は妙なものを見た。

庭の片隅で、菖蒲が使用人の八重から帳面を受け取っている姿だ。

菖蒲はそのまま中庭の東屋へ行き、受け取った帳面を開いて、うんうん、とうなずき、今度は懸命《けんめい》に何かを書き記している。

撫子は、そんな菖蒲を遠くに見つけ、呆れて笑った。

——中庭の東屋で書き物だなんて、お兄様の真似《まね》をしているつもりなのかしら？

『立夏様、私を見て見て』という魂胆《こんたん》があまりに見えすぎて、腹立たしさを通り越して恥ずかしさを感じるくらいだ。

撫子は、しっかりとした足取りで菖蒲の元へと向かった。

「菖蒲さん」

つとめて優しく声を掛けようと思っていたのに、気が付くと語尾が少し強くなってしまっていた。

菖蒲はびくんと肩を震わせ、撫子の姿を確認するなり、慌てたように帳面を閉じた。

「これは、撫子さん、ごきげんよう」

花が咲くように愛らしく微笑む菖蒲を前に、さらに苛立ちが募《つの》る。

「ごきげんよう、菖蒲さん。ねぇ、ちょっと庭を散歩しません？」

すると、菖蒲は嬉しそうに頬を赤らめた。

「ぜ、ぜひ。撫子さんにお誘いいただけるなんて嬉しいです」

「やだ、大袈裟《おおげさ》ね。庭を散歩するだけよ。おすすめの場所があるの」

そう言って撫子は、にこりと目を細めた。

6

「こっちよ」

撫子は二つに束ねた長い髪と、長いフリルのスカートをふわりと風に泳がせながら、歩き出した。

中庭を出て、洋館の裏側へと出る。広がる薔薇《ばら》園の先には、木々が生い茂り、森のようになっていた。

撫子は躊躇《ちゅうちょ》もせずに、木々の間を抜けていった。

広い庭だ。

自然と菖蒲の息が少し上がっていた。そんな自分とは違い、撫子は軽やかに歩く。

彼女の後ろ姿を眺めながら、まるで妖精《ようせい》のようだと感じた。

林を抜けると、そこに離れの別邸があった。白い壁に緑の屋根の、とても小さな洋館だ。庭の別邸といったところだろうか。

「なんて、素敵なの」

撫子が『おすすめ』と言っていたことも頷《うなず》ける。

菖蒲がうっとりと手を組んで眺めていると、

「さぁ、入って」

と、撫子が扉を開ける。

そこはすぐに応接室となっていた。

シャンデリアにソファにテーブルがあり、食器棚には、美しい茶器やワイングラスが並んでいる、立派なものだ。ワインボトルや日本酒の瓶も見受けられた。

応接室の奥には、扉がひとつだけ。

外観から察するに、この別邸は応接室と、奥に部屋がひとつだけあるのだろう。

「実は、ここは、密談に使われている部屋なのよ」

「……密談に？」

屋敷の庭の奥深くに存在する、とても小さな美しい洋館。まさに、密談にもってこいの場所だと感じた。

「でも、今はほとんど使われないの。神戸に行ったお父様がよく使っていたから」

「そうなんですか」

と、菖蒲はうなずきながら、あれ、と小首を傾げる。

「たしか、桜小路家のご当主は、伊勢《いせ》に療養《りようよう》に行ったと……今は神戸にいらっしゃるのですか？」

撫子は、ああ、と誤魔化《ごまか》すように笑う。

「そうだった、伊勢だったわね。お父様、神戸がお好きだったから……」

その時だ。

奥の部屋から獣《けもの》のような声が聞こえて来て、菖蒲は体を硬直させた。

「今の声は……？」

あら、やだ、と撫子は口に手を当てる。

「今やここは、すっかりお兄様たちの『逢引《あいびき》』の場所になっているのよ。奥の部屋には大きなベッドがありましてね。そこで逢瀬を重ねているみたい」

広くはない、この建物。

奥の部屋でベッドが軋《きし》む音が、響いていた。

今まで聞いたこともないような、呻《うめ》くような声も聞こえてくる。

「……もう、立夏お兄様ったら。見かけによらず、はしたなすぎますわよね」

呆れたように笑う撫子に、菖蒲は大きく目を見開いた。

「――えっ？」

「菖蒲さんは、立夏お兄様と千花さんの仲を知っているのよね？　二人はよくここに籠《こも》って逢瀬を重ねていますの。もしかしたら、早く子どもがほしいのかもしれませんわね。菖蒲さんは素晴らしいわ。二人の仲を知りながら、寛容でいられるなんて。私も見習わなくちゃ」

そう言って撫子はうふふ、と笑う。

その言葉は、どこか遠くから聞こえているようだ。

軋むベッドの音。獣のように呻く声。

——この奥のベッドの上で、立夏様と千花さんが……。

バクバクと心音が激しくなる。

景色のすべてが見えなくなった気がした。

目眩《めまい》を感じながらも、ここで倒れるわけにはいかないと、菖蒲は拳を握り締める。

「……そ、それは、お邪魔してはいけませんわね。撫子さん、わたしは失礼いたします」

自分がちゃんと喋《しゃべ》れているのか分からないままに言って、菖蒲は別邸を飛び出す。

「あ、菖蒲さん！」

撫子が手を伸ばすも、菖蒲は立ち止まることもなく、

「……もっと言いたいことがあったのに」

残念、と洩らして、腕を組んだ。

その時、奥の扉が勢いよく開き、

「誰だ？」

と、ガウンを羽織《はお》っただけの喜一が出てきた。

　その奥には、若く美しい女の姿も見える。

　喜一は、撫子の姿を見るなり、気が抜けたような表情を浮かべた。

「……なんだ、撫子か。てっきり蓉子が嗅《か》ぎつけたのかと」

「あら、とっくにご存知だと思いますけど？　水曜の午後はお兄様のお楽しみのお時間なんですものね」

「あいつが子を生《な》さないんだから仕方ないだろ」

　喜一は言い訳をするように洩らす。

「殿方の言い分って本当に勝手ですのね。ところでお兄様、あんなはしたない声を上げる女は、あまりにも下品ではなくて？」

　撫子は腰に手を当てて、首を伸ばしながら言う。

「声を殺してばかりの女はすぐに飽きるんだよ。お前もよく覚えておけ。ベッドでも淑女《しゅくじょ》を貫かれたら、男は興醒《きょうざ》めする」

　喜一はそう言って、撫子の頭を撫《な》でた。

　――その汚い手で触れてほしくないわね。

　そう思いながらも、

「ええ、お兄様。邪魔してごめんなさい。私はここのグラスを取りに来ただけだから、もう出るわね」

撫子は屈託のない笑みを見せた。

7

桂子は、梅咲家から新たに届いたアクセサリーが入った箱を手に、いそいそと菖蒲の部屋に向かっていた。

受け取りの際に確認したけれど、本当にどれも素晴らしい宝飾品だった。

きっと菖蒲は、慶二の誕生日パーティにすべてを懸《か》けているのだろう。

美しく着飾って、軽やかなダンスを披露し、立夏の心を摑《つか》むことができたら――

そう考えているに違いない。

「――菖蒲様。旦那様から今度は素晴らしいアクセサリーが届きましたわ」

ノックと同時にドアを開けると、ベッドに腰掛けて、俯いている菖蒲の姿が目に入った。返事もなければ、顔を上げることもなく、ただ身をすぼめるようにしているその様子に、桂子は戸惑った。

「菖蒲様？」

アクセサリーの箱を棚の上に置いて、菖蒲の許に歩み寄る。

「……桂子さん」

菖蒲の顔は真っ青だ。体は小刻みに震えていて、大きな瞳は涙に潤《うる》んでいた。

日頃、嫌味を言われ、ぞんざいな扱いを受けても、自分の前ですら笑みを絶やさないようにしている菖蒲の見たことのない表情に、桂子は血相を変えて身を乗り出す。

「どうなさいました？」

菖蒲は、ほろり、と涙を零した。

「桂子さん。わたし、やっぱり強がっていただけみたい。立夏様と千花さんが愛し合っていることを突き付けられて、とても苦しいの」

菖蒲はそう言って、顔を手で覆《おお》った。

美しい想像しかしていなかった。

二人は手を取り合い、花を愛でて、月を眺める。

そんな美しい姿しか、思い浮かべていなかったから。

あんな風に、重なり合っているなんて思っていなかったから。

――苦しい。

瞬間的に感じた嫌悪感と、どうしようもない嫉妬に、胸が張り裂けそうだ。

ただ、苦しい。

「菖蒲様、もう我慢《がまん》する必要はありません。梅咲の家に帰りましょう……」

桂子は、優しく菖蒲の肩に手を載せた。

菖蒲は力なく頷いたあと、傍《かたわ》らに置いてある鍵付きの帳面に目を落とす。

「慶二様のお誕生日パーティ……それが終わった後に、わたしは家に帰ります」

誕生日パーティになにがあるというのか。

そして、その帳面には何が書かれているのか。

桂子は解《げ》せないままに、菖蒲の背中を優しく撫で続けた。


——そうして、五月某日夜。

慶二の誕生日パーティが、桜小路邸で開かれた。

会場は西洋のダンスホールをイメージした一階パーティホールと、そこから続く裏庭だった。

月明かりの下、一定の間隔で置かれた白いテーブル。

その上にはキャンドルと共に花々が色を添え、名の知れた楽団がヴィヴァルディを奏でている。

次男とはいえ、由緒ある桜小路家子息の誕生日パーティだ。

政治家、華族、著名人、そして『審神者』など、錚々《そうそう》たる顔ぶれが集《つど》っている。

しかし、この席にも桜小路家当主夫妻の姿はなく、長男の喜一が当主代理を見事に務めていた。

主役である慶二が葡萄酒《ぶどうしゅ》を片手に乾杯の音頭を取り、パーティが開始された。

「おめでとう、慶二君。いやいや、君も二十二歳か。相変わらず男前だ」

「そろそろ結婚かい？　早く菊枝さんの花嫁姿を見たいものだね」

客人は慶二の許に集まり、皆、同じようなことを言う。

慶二は引きつった笑顔を見せるも、隣では菊枝がぴったりと寄り添い、

「いやですわ。すぐにお見せできましてよ」

と、嬉しそうに微笑んでいる。

撫子は持ち前の美しさで会場の視線を一身に集めており、その横で立夏が居心地悪そうな顔を見せていた。

喜一は、菖蒲の父・梅咲耕造や大臣と談笑している。

蓉子はというと、一歩離れたところで、楽団の演奏に耳を傾けていた。

そんな中、すでに着替え終えたはずの菖蒲の姿がなかった。

「菖蒲様？　菖蒲お嬢様？」

一体どうしたのだろう？　と桂子は、屋敷を探してまわる。

まだ部屋にいるかもしれないと、桂子は菖蒲の部屋を覗くも、姿はなかった。

「ここではないのね……」

踵を返そうとして、机の上に帳面が置き去りになっていることに気付き、桂子は足を止めた。

あれは、最近彼女が、熱心に書いていたもの。

桂子はそっと机に歩み寄り、その帳面を手に取る。

海外製の鍵付きの帳面だった。

「………」

中を見るのは気が引けたが、確認しておいた方が良いだろう。

鍵はどこだろうか。

机の引き出しを探るも見付からず、桂子は自分の髪からヘアピンを抜き取って鍵穴に挿《さ》した。

いたって単純な作りだ。開けることなど、造作もなかった。

カチリと音がして、開錠された。

おそらく、立夏への熱い想いがしたためられているのだろう。

そう思いながら、ページをめくり、桂子は目を凝《こ》らす。

帳面には、二人の筆跡があった。

『わたしは、桜小路家から出ようと思っております。どうすれば、穏便に出て行けるのか、お知恵をお借りできますか？』

これは、菖蒲の筆跡だ。

『そのようなことを、わたくしに聞かれても困ります。ご勝手になさってはいかがでしょうか？』

これは、別の者が書いている。

丁寧に書かれた、大人の文字だ。

ぶっきらぼうな文面から察するに、これは八重ではないかと思われた。

『ですが、わたしが勝手をしては、桜小路家の皆様にご迷惑がかかってしまうと思うのです』

この菖蒲の一文に、相手（おそらく八重）も、その通りだと思ったのだろう。

それでも、警戒しているのか、最初は菖蒲の申し出に対し、のらりくらりとかわしつつも、最後にある提案をしている。

その内容に、桂子は大きく目を見開き、

「大変」

と、帳面をそのままに、部屋を飛び出した。

桂子が廊下を駆けていると、パーティから逃れるようにホールから出てきた立夏の姿が目に入り、なりふり構わずに彼の許に詰め寄った。

「立夏様、お嬢様……菖蒲お嬢様は会場に現れましたか？」

息を切らして詰め寄る桂子を前に、立夏は訝しげな表情を浮かべた。

「いや、見ていないが？」

「良かった。まだ、間に合ったのですね」

「……なにか？」

不思議そうな立夏を前に、桂子は憎らしさを感じ、鋭い眼差しを向けた。

「なにかじゃございません！　菖蒲様はあなた様のために、自分の人生を棒に振ろうとされているんです！　どうか、菖蒲様を止めてください！」

喉の奥から絞り出すように告げた桂子に、立夏はわけがわからず、ただ大きく目を見開いた。

「なんの、話だ？」

「菖蒲様の計画を知ってしまったのです」

桂子は苛立ちを隠さずに、立夏を睨《にら》みつける。

あの帳面には、とんでもない提案が書かれていたのだ。

『――以前、パーティの席で酔っぱらって暴れた女性が婚約を解消される騒ぎになったことはございます。ですが、それはさすがにおやめになった方が良いかと』

その文面に対し、『そのようなことがあったのですね。ありがとうございます』と、菖蒲は礼を伝えただけで終わっている。

だが、菖蒲が何を考えているのか、桂子には手に取るように理解できた。

慶二の誕生日パーティに、父親を呼び、派手に着飾ったうえで、泥酔《でいすい》してみせようとしているのだ。

桂子は、菖蒲の計画を立夏に伝え、強い口調で続ける。

「こんな……こんなことを実行されてしまったら、菖蒲様の人生に傷がつきます！どうか、お止めくださいい！」

次の瞬間、立夏は再びパーティホールへと踵を返した。

第五章　各々の決意

1

菖蒲《あやめ》はパーティホールに隣接している小部屋で佇《たたず》んでいた。
大きな鏡には、明るい蜂蜜色《はちみついろ》のドレスをまとった自分の姿が映っている。
父が用意してくれたドレスの中でも、一際華やかなドレスだ。
胸が痛むことを感じながら、ワインボトルを手にする。
「…………」
グラスに葡萄酒《ぶどうしゅ》を注ぎ、そっと手に取った。
クン、と匂いを嗅《か》いで、顔をしかめる。
葡萄の良い香りの裏に、渋いものが潜《ひそ》んでいる。あまり美味しそうな匂いではない。

それでも意を決して、葡萄酒を喉の奥に流し込むように飲み、ゴホッとむせた。

喉も胸も焼けるように熱く感じた。

くらくらと目眩《めまい》がしている。

「……これでいいわね」

と、菖蒲はグラスを置いて、今度はボトルを手に持った。

『酔っぱらった若い娘が葡萄酒の瓶《びん》を持って、テーブルクロスを巻き込みながら派手に転び、大笑いをする』

こんなことをしでかしたなら、婚約を破棄されて梅咲《うめさき》の家に帰ることになるのは、当然のことだと判断されるだろう。

父にはとことん失望されてしまうだろうが、自分は元々『いらない子ども』だったのだ。自分に見切りをつけて、兄を探すことに力を注いでくれるかもしれない。

そうなったなら、母も喜ぶだろう。

菖蒲は切なく笑みを浮かべた後、ボトルを手にしたまま、ゆっくりとホールへと向かった。

パーティの参加者は、皆それぞれに楽しんでいる。

ホールに出てきた菖蒲の姿にまだ誰も気付いていないようだった。

喜一《きいち》と語らう父の姿を確認し、菖蒲は唇を結んだ。

すぐ近くの円形のテーブルの上には、たくさんのグラスが並んでいる。

――やるしかない。

手を伸ばして、テーブルクロスをしっかりつかんだ。

バクバクと心音が響いて、五月蝿《うるさ》いほどだ。

どんなことになってしまうだろうか。

いや、もう、どうなってしまってもいい。

菖蒲が手に力をこめた瞬間、

「やめろ、そんなことはしなくていい！」

と、突然、手首をつかまれた。

「――えっ？」

驚いて顔を上げると、そこには息を切らしている立夏《りつか》の姿があった。

菖蒲は大きく目を見開いて、立夏を見る。

「……立夏様？」

「こっちにこい！」

立夏は菖蒲の手をつかんだまま、先ほどまで菖蒲が控えていた小部屋へと連れ込む。

二人きりになるなり、立夏は勢いよくテーブルを叩いた。

「今、何をしようとしていた。君は馬鹿《ばか》なのか？」

と、声を張り上げた立夏を前に、菖蒲は体をビクッとさせる。

「葡萄酒が美味しくて、つい、飲みすぎただけです」

目をそらしてそう言うと、立夏は舌打ちした。

「嘘をつくな。酒に酔っぱらってパーティで失態《しったい》をしでかしたなら、自分を悪者にしてこの家を出られると思ったのだろう？」

立夏の問いに、菖蒲は何も答えられなかった。

「どうして君がそんなことをしなければならない？　素直にこんな家は嫌だと泣いて飛び出せばいい、礼を尽くす必要なんてない。今の梅咲家にとって桜小路《さくらこうじ》家など取るに足らない存在だ。君が公の場で失態をすれば、将来に傷がつくのが分からないのか！」

勢いに任せるように言う立夏を見ながら、菖蒲の胸が熱くなる。

彼は、自分に呆《あき》れて、怒っている。それは分かっている。

そんな中に自分のことを心配する気持ちもあり、何より、自分に対してまっすぐぶつかってくる姿に、嬉しさを感じた。

彼の言う通り、自分は馬鹿なのだろう。

ここで失態をしたなら、将来に傷が付くなど、承知のうえだ。

だが、それで良かった。自分がもし、梅咲の家に泣き帰ったなら、きっとその後
すぐに無理やりどこかに嫁《とつ》がされるだろう。目に見えていることだ。

それは、どうしても嫌だった。

――今もまだ、こんなにもあなたが好きなのに。

公の場で大きな恥をかいたなら、求婚してくる人もいなくなる。

こんな娘は外には出せないと、閉じ込めてくれるに違いない。

意に染まぬ人の許に、無理やり嫁がされるなら、部屋に閉じこもっていたい。

「聞いているのか?」

何も答えない菖蒲に、立夏はさらに苛立ったような声を上げた。

「はい、聞いています。立夏様こそ、どうしてわたしを止めるんですか?」

えっ? と、立夏は目を瞬《またた》かせた。

「これは、わたしが勝手にやろうとしたことです。立夏様には関係ございません」

目を合わせないままそう言うと、立夏は黙り込んだあと、大きく息をついた。

「そうかもしれないな。君が勝手にやることは僕には関係のないことだ。しかし、僕は君の使用人に頼まれ、そして引き受けた。引き受けた以上は言わせてもらう」

「……桂子さんが?」

「もうすぐ彼女がここに来るだろう。君は今日体調が悪くて寝ていると伝えること

にする。そんな葡萄酒の匂いを振りまいて、パーティに参加しないよう、自室で休んでいろ」

立夏はそう言い放って、小部屋を後にした。

2

立夏は怒りを胸に抱えたまま、パーティホールへ早足で歩いていた。

――とりあえず、慶二に、彼女の具合が悪いことを伝えておこう。

しかし、イライラする。あの子は一体なんなんだ？

立夏が慶二の姿を探していると、

「これは、立夏さん、ごきげんよう」

と、懐かしい声が耳に届き、足を止めた。

振り返ると、そこには、幼少期に習った女性ピアノ講師の姿があった。

懐かしい恩師との予期せぬ再会に、立夏は、張り詰めていた糸が切れたような心持ちで、ああ、と気の抜けた声を洩《も》らして、頭を下げる。

「先生、お久しぶりです」

「大きくなりましたね。ピアノは続けていますか？」

「はい、先生は今もピアノ講師を？」

「わたくしは今、東京の女学校で音楽講師をしております」

そうだったんですね、と立夏は相槌《あいづち》をうつ。

「ああ、そうだ。あなたの婚約者は、わたくしの生徒なんですよ」

それは思いもしないことであり、立夏は言葉を詰まらせた。

「あの子は元気にしていますか？」

さらにそう続けられ、立夏はばつの悪さから目をそらす。

「……今日は体調が優れないようでして」

まぁ、と講師は口に手を当てる。

「あの子のことだから張り切りすぎたのかもしれませんわね。昔からあなたのことしか想っていなかったから、この家に来て大喜びだったでしょう？」

「……昔から僕のこと？」

ええ、と彼女は大きく首を縦に振った。

「もう、何度も聞かされてみんな耳にたこでしたのよ。お茶会でお茶を点《た》てていたあなたに一目惚《ひとめぼ》れをして、そんなあなたの許に嫁ぐ日が楽しみだと……『あの素敵な立夏様に、釣り合う自分でいたいんです！』と、二言目にはそればかり。みなさん、『はいはい』と頷《うなず》くだけ」

その言葉を聞き、立夏は苦々しい気持ちで腕を組む。

「……何年も前に一度見掛けただけでそんなふうに想うなんて、おかしいでしょう？　僕を想っているのではなく、幻想に浸《ひた》っているだけですよ」

立夏は、目を合わさないまま、吐き捨てるように言う。

講師はそっと口角を上げた。

「なにがおかしいのですか？」

「いえ、ね。恋心が幻想じゃなければ、なんなのだろうと思ってしまいまして」

えっ？　と立夏は訊《き》き返す。

「相手のすべて、何もかもを知ってから好きになることなんて、あまりないことですよね？　そもそも、恋というのは理性でするものではないですし。大きさの違いはあれど、恋とは基本的に『幻想』なのではないでしょうか」

そうでしょうか、と立夏は怪訝《けげん》そうに言う。

「あなたもこれまで恋をしたことがあるでしょう？　どこか自分の理想や想像を織り込んだ、幻想も入っていたとは思いませんか？」

「そんなことはっ！」

立夏は反論しようとして、口をつぐんだ。

相手のすべてを知っているわけではない。知らないことも多い。

その謎の部分に、自分の幻想を重ねている部分も、正直あった。

「まぁ、菖蒲さんの場合は少し違っているわね。あなたに想いをぶつけることで、逃避をしていた部分も多いのでしょうけどね」

と、講師はまるで独り言のように洩らす。

「逃避とは?」

「うちの学校は裕福なお嬢様ばかり。お嬢様はみなさん、品があって賢い。空気も読めるし、言葉を選ぶこともできる。それが故《ゆえ》に『優しい人』を演じることもできるものです」

彼女の言葉を聞きながら、立夏の脳裏《のうり》に蓉子《ようこ》の姿が浮かんだ。

「だけど、蝶《ちょう》よ花よと育てられていますし、やはり我儘《わがまま》で、『してもらって当然』という部分は隠しきれない。心から他者を立てたり、誰かの役に立とうと、率先して動く子は少ないのです」

「そう、でしょうね」

立夏は、家にいる者たちの姿を思い浮べ、苦笑した。

ですが、と講師は続ける。

「あの子は、ひとりだけ稀有《けう》な存在でしたわ。いつでも誰かの役に立ちたいと思い、そのために全力を尽くすような子でした。お嬢様特有の我儘も驕《おご》りも、『してもらって当然』という雰囲気もない。いつも笑顔で人を気遣い、人を不快にさせないように心がけている。まぁ、驚くほどに良い子でした」

立夏は黙って次の言葉を待った。

「他の先生は、そんな彼女を手放しで褒《ほ》めていたのですけど、わたくしにはどうにも受け入れられませんでした。というか、どうにも奇妙に感じていたのです。わたくしも捻《ひね》くれていたせいか、彼女が良い子すぎて、何か裏があるんじゃないかって思ってしまったのですよ」

たしかに、と立夏は相槌をうつ。

どんなに嫌味を言われても、笑顔を絶やさず、健気《けなげ》に振る舞う彼女の姿は、どうにも奇妙でならなかった。

彼女が使用人の娘ならば、不思議ではない。

しかし、彼女は由緒のある家の出であり、今や飛ぶ鳥を落とす勢いの大富豪の娘なのだ。

「菖蒲さんのお母様にお会いする機会があった時に伺ってみたのです。『菖蒲さんは素晴らしく良い子です。ですが、いつも良い子でいなければならないと気を張っているようにも見えるんです。おうちでも、そうだったのでしょうか？』と。すると、お母様は心底申し訳なさそうな表情を浮かべまして、『すべては、わたしのせいなのです。わたくしたちがあの子の心を殺してしまったのかもしれません』と言ったのですよ」

そう言って講師は目を伏せる。

「それは……どういうことですか？」

「菖蒲さんのお母様は元々、お体が弱い方。ご長男を出産した時も大変だったそうなのですが、菖蒲さんを出産する際には危篤《きとく》状態となったそうなんです。なんとか、母子ともに無事でいられたそうですが、その後は何度も死の淵に立たされ、今も入退院をくり返す状態になってしまったそうなんです」

梅咲家の奥方の体が弱いという話は、広く知られた話だった。

「奥様をとても愛していた梅咲氏は、つい洩らしてしまったそうなのです。『二人目なんて産ませるべきではなかった。菖蒲を生まなければ、こんなことにはならなかったのに』と――。それを、たまたま幼い菖蒲さんに聞かれてしまったと……」

「――えっ？」

立夏の脳裏に、自然とその光景が浮かんだ。

つい、弱音を吐いた梅咲耕造《こうぞう》と、その言葉を耳にして立ち尽くす幼い菖蒲の姿――。

「菖蒲さんは、泣くことも喚《わめ》くこともなく、父の言葉を真摯《しんし》に受け止めてしまった、とお母様は仰っていました。きっとこう思ったのでしょうね。『自分は生まれるべきじゃなかった、いらない子どもなんだ。自分がいなければ、大好きなお母様も元気でいられたのに。お父様も、あんなに悲しまずに済んだのに』と……」

「……そんな」

立夏は動揺して、目を泳がせる。

戸惑《とまど》いと同時に、ようやく腑《ふ》に落ちた。

『生まれなければ良かった人間』と烙印《らくいん》を押されてしまった彼女は、少しでも誰かにとって必要な存在になりたいと思ってきたのだろう。

そのため、誰に対しても不快な顔を見せず、誰かのために懸命《けんめい》であろうとし続けたのだ。

「あなたとの縁談が決まったのは、それからすぐのことだそうです」

講師の声を受けて、立夏は我に返って、視線を合わせた。

「立夏さん、あなたは菖蒲さんにとって、『自分を受け入れてくれる人』であり、『親が喜ぶ結婚相手』でした。つまり、あなたの良き妻になることは、『自分が存在しても良い証《あかし》』のように感じていたのかもしれないですね。彼女は、ずっとあなたに救われてきたのですよ。あの子の恋はあなたの言う通り『幻想』なのかもしれない。ですが、あの子は、この結婚に自分の存在意義と人生を託したのですよ」

彼女はそこまで言って、我に返ったように口に手を当てた。

「ワインのせいで、少し話しすぎてしまったかしら。ですが、それだけにあの子は『良い伴侶《はんりよ》』になると思います。本当に良い子ですよ、どうか、わたくしの教え子をよろしくお願いしますね」

彼女は、それでは、とお辞儀《じぎ》をして、立夏に背を向ける。

立夏はそれに対して、頭を下げることも言葉を返すこともできずに立ち尽くす。

「…………」

すぐ側の柱の陰で、撫子《なでしこ》が険しい表情を浮かべていた。

3

ピアノ講師は立夏との会話を終えると、周囲を見回し、人目を避けるようにバルコニーへと出た。そこには狩衣《かりぎぬ》に烏帽子《えぼし》、雑面《ぞうめん》をつけた『審神者《さにわ》』が佇んでいる。

彼は講師がやってきたのを確認して、会釈《えしゃく》をした。

「こんばんは、先生。お久しぶりです」

『審神者』の挨拶《あいさつ》を受けて、講師は深々と頭を下げる。

「ご無沙汰しております。今、仰せの通り、立夏さんにすべてをお伝えしてきました」

　ありがとう、と『審神者』は答える。

　雑面で顔は分からないが、その口調は嬉しそうだ。

　礼を言われて講師ははにかむも、すぐに、ですが、と解《げ》せなさに首を傾げた。

「あなた様は、菖蒲さんにこの家を出てもらうおつもりなのですよね？　それなのに、どうして菖蒲さんのことをお伝えする必要があったのでしょう？」

　そうだね、と『審神者』はバルコニーの手すりに両手を載せて、空を仰ぐ。

「先生の仰る通り、伝える必要はなかったのかもしれないけど、それでは、あまりに悔《くや》しくてね。あの子はがんばってきたから……」

『審神者』が顔を向けている先に渡り廊下がある。酔っぱらった菖蒲が、桂子に付き添われながら、ふらふらと歩いている姿が見えた。

「まったく、不器用な子だよ」

『審神者』は愉快《ゆかい》そうに笑って、今度はホールを振り返る。

　喜一と梅咲耕造が、今もワインを片手に談笑していた。

　その時、強く風が吹き、『審神者』の雑面がめくれて、一瞬だけ顔が顕《あら》わになる。

　彼の表情を見た講師は、びくりと肩を震わせた。

4

桂子は、菖蒲の部屋の扉を開けて、すぐに菖蒲をベッドに座らせた。

ベッドサイドのテーブルの上に水を用意してから、

「菖蒲様は、ここで大人しくなさっていてくださいね！　私は、会場に戻って、旦那様や喜一さんに体調不良だとお伝えしてきますので！」

桂子はそう言って、怒ったように部屋を出ていく。

ごめんなさい、と菖蒲は身を縮めるも、すでに桂子の姿はなかった。

菖蒲は、ふぅ、と息をついて、そのままベッドに横たわる。

飲んだのは、葡萄酒をグラス一杯だけだ。

それでも体中が熱く、ふわふわと目眩を感じていた。

――お酒を口にしたのがはじめてだったからかしら？

「顔が熱い……」

ぽつりと洩らして、天井を仰ぐ。

『君は、馬鹿なのか？』

そう叫んだ立夏の声が、胸の内に響いてきて、苦しさが募《つの》った。

自分でもよく分かっている。

――わたしは本当に、馬鹿だ。

せめて何かしてあげたい、彼の人生の役に立ちたいと勝手に盛り上がって、空回りして、呆れられて、不快な思いをさせた。

最後にもう一度だけ、あの桜の下で見せてくれた笑顔を、自分に向けてほしかっただけなのかもしれない。

何者か分からない状態ではなく、『梅咲菖蒲』にあの笑顔を……。

目尻から涙が零《こぼ》れ落ちて、髪を濡らす。

声を殺して泣いてると、ドアをノックする音が部屋に響いた。

きっと桂子だろう。

「どうぞ」

横たわったままそう言うと、扉が開き、慶二が姿を現した。

「やあ」

「慶二さん……」

菖蒲は慌てて体を起こし、

「申し訳ございません、てっきり桂子さんかと思ってしまって」

そう言って乱れているであろう髪を、手で整える。

いいよ、と慶二は優しく目を細めた。

「それより、具合が悪いって聞いて心配になって。よく効く薬を持ってきたんだ」

と、薬の瓶をかざして見せた。

「あ、ありがとうございます。ですが、大丈夫です」

「そう？　顔が赤いから、水は飲んだ方がいいと思うよ？」

菖蒲が飲酒したのを察しているかのように、慶二はいたずらっぽく笑って言う。

はい、と、菖蒲は言われた通り、水を口に運ぶ。

慶二は、菖蒲の白い喉が動いているのを眺《なが》めながら、ごくりと生唾《なまつば》を飲んだ。

「申し訳ございません。慶二さんのお誕生日パーティに参加できず」

「いやいや、いいんだよ」

「それに主役がこんなところにいては……」

「僕が抜けたことなんか、誰も気付いていないさ」

と慶二は両手を挙げた。

「ですが、きっと菊枝《きくえ》さんは探していると思います」

「菊枝、ね。彼女は本当に素晴らしい『神子《みこ》』で生家も高貴なお嬢様なんだ。この桜小路家も一流の華族なんて言われているけど、彼女の家の方が格上なんだよ」

慶二は、まるで独り言のように話し始めた。

菖蒲は何も言わずにその横顔を見守る。

「それだからかな。彼女は本当にプライドの高い女性で、僕にはそれが耐えられない。親の決めた許嫁《いいなずけ》だから、このままだと彼女と結婚しなくてはならなくなる」

「……慶二さん」

立夏も、自分に対してそんな気持ちだったのだろうか。

このまま、親が決めた許嫁と結婚しなくてはならないと、やりきれない思いを抱いていたのかもしれない。

「ねぇ、菖蒲さん」

「は、はい」

「僕を助けてくれないかな」

切ないような眼差《まなざ》しを見せた慶二に、菖蒲は目を瞬《またた》かせた。

「わたしがですか？」

「君なら、僕を助けることができる」

「わたしになにかできることがあるのでしょうか？」

戸惑いながら視線を合わせた瞬間、

「ああ」

と、慶二は菖蒲をベッドに押し倒した。

「慶二さん？」

「君と深い仲になれば、菊枝との婚約はご破算《はさん》だ。そして僕と君が結婚すればいい。梅咲家も桜小路家と縁を結べるわけだし、何も問題はないだろう？」

慶二は、菖蒲の体に覆《おお》いかぶさった状態で、タキシードのジャケットを脱ぎ捨てた。

「い、いやです、やめてください。大きな声を出しますよ」

「みんなパーティホールにいるんだ。どんなに声を上げても聞こえないさ。なんならいい声で啼《な》いてほしいな。うんと可愛がってあげるから」

「いや、やめて、慶二さんっ！　やめてください」

菖蒲は、力の限り、手足をばたつかせて抵抗するも、

「悪い子だ」

と、慶二は外したベルトで、菖蒲の手首を拘束した。

「っ！」

「立夏は、馬鹿な男だよ。君のような子をみすみす逃すなんて。健気で愛らしくて、財力までもある」

「――やめっ」

口の中にタオルを詰め込まれ、声が遮《さえぎ》られる。

「ああ、菖蒲。すぐに良くしてあげるからね。怖いのも、すぐに吹き飛ぶよ」

慶二は、薬の入った小瓶を菖蒲にチラつかせた後、スラックスのファスナーを下げる。

「っ！」

菖蒲がなんとか振り切ろうと体をよじらせたその時、慶二は静電気を感じたのか、痛っ、と弾《はじ》かれたように手を離した。

慶二が不思議そうに自分の手を見ていると、

「お兄様、それは問題じゃなくて？」

突然、部屋の扉が開いて、撫子が姿を現わした。

「な、撫子」

慶二は急いで、菖蒲から離れる。

「どうしてここに？」

狼狽《ろうばい》しながら慌ててファスナーを上げる慶二を前に、撫子はにっこりと微笑《ほほえ》んだ。

「菊枝さんが血眼《ちまなこ》になって探していましてよ。こんなことが分かったら、慶二お兄様は、二度と社交界に顔を出せませんわね。漆原《うるしはら》家と梅咲家を怒らせたりしたら、いよいよ、うちは破滅かしら。喜一お兄様のお怒りが目に浮かぶよう」

慶二は即座にベッドから降りた。

「いや、その、撫子、これは違うんだ」

「いいのですよ。誰にも言うつもりはありません。ただ、浅はかな行動は今回限りにして頂けますか？　桜小路家の存続がかかっていることですし」

「あ、ああ」

「早く菊枝さんのところへ行ってください」

「分かった、分かったよ」

慶二は逃げるように、菖蒲の部屋を飛び出して行く。

そんな彼の背中を見送り、撫子は『やれやれ』という様子で腰に手を当てた。

その光景を、菖蒲は呆然《ぼうぜん》と眺めていた。

撫子は、すぐに菖蒲の拘束を解く。

「あの、撫子さん……」

菖蒲が戸惑いながら、視線を合わせると、撫子は心配そうに目を細めた。

「大丈夫？　菖蒲さん」

「だ、大丈夫です」

「ごめんなさいね。あんな最低な男で」

「…………」

菖蒲が返答に困って目を伏せると、撫子は静かにベッドに腰を下ろした。

「でも、間に合って良かったわ」

撫子はそう言って菖蒲の顔を見る。

「菖蒲さん、今までつらくあたってごめんなさい。私、あなたのことを誤解していたみたい」

「えっ？」

「あなたがご無事でよかった」

そう言って優しい笑みを向けた撫子に、菖蒲は大きく目を見開いた。

胸に熱いものがこみあげて、菖蒲の瞳から、涙が零れ落ちる。

「撫子さん、助けてくださって、ありがとうございます」

「お礼なんて。当然のことよ」

と、撫子はその肩を引き寄せて、優しく抱き締めた。

菖蒲のすすり泣く声が静かに響くも、部屋は温かな空気に包まれている。

そんな菖蒲の傍《かたわ》らでは、慶二が落としていった小瓶が怪しい光を宿していた。

5

立夏はパーティの喧騒《けんそう》から逃れるように、ピアノがある部屋に来ていた。ピアノを前にしながら、鍵盤に触れることなく、ぼんやりと宙を眺める。

ピアノ講師の言葉と共に、菖蒲の姿が頭に浮かんでいた。

毎日のようにドアの隙間に挟まれていた手紙。

どんなことを言っても、まっすぐにこちらを見てきた一途《いちず》な瞳。

彼女は一生懸命、自分にぶつかってきたのだ。

だからと言って、想いが移るわけではない。

自分が愛しく思うのは、千花《ちか》、ただ一人だ。

それでも、自分が菖蒲にしてきたことを思うと、胸が苛《さいな》まれるように痛んだ。

「いや」

と、静かに洩らす。

元々嫌われようと思ってしてきたことだ。

早く、泣いて逃げ帰ってほしいと願っていた。

自分に想い人がいるからというのはもちろんだが、初めからこの縁談には違和感があった。

かつて、梅咲家を陥れたのは、我が桜小路家だ。

梅咲規貴《のりたか》は、民衆をたぶらかして国をひっくり返そうとした大罪人とされている。

だが、文献を調べる限り、梅咲規貴は誠実な思想家であり、国家を転覆させようとしていたとは到底思えないのだ。

桜小路家はずっと、梅咲家が疎《うと》ましかった。

賀茂《かも》家の血族である梅咲家は賀茂家の右腕で、賀茂家の忠実な家臣である桜小路家は、左腕という言われ方をしていた。

桜小路家は、ずっと梅咲家のポジションに収まりたかった。

取って代わりたかったのだ。

そこに、都合よく信者を集めている思想家が梅咲家から現われた。

当時の桜小路家は、あることないこと幕府に伝えて、疎ましく思うように誘導したのだ。結果、梅咲規貴は島流しに遭い、梅咲家は転落。

それによって、桜小路家が、賀茂家の右腕となった。

その後の桜小路家は、目に余るような傍若無人《ぼうじゃくぶじん》な振る舞《ま》いを続けた。

日本各地に別荘を建て、花街《かがい》で豪遊し、女を囲い、金を撒いては欲しいものを手にしてきた。そうして贅《ぜい》を尽くしきり、いよいよ家が傾《かたむ》いてきた頃、気が付くと梅咲家は事業に大成功し、爵位も手にしている。

一方の桜小路家は賀茂家の恩恵に胡座《あぐら》をかき、今や、没落寸前だ。

そんな頃、梅咲家の長男・藤馬《とうま》（菖蒲の兄）が、『神子』の素質があるという噂が流れてきた。子どもの頃、鬼を見たり、予知を口にしたという。

だが、成長と共にその力は薄れていったため、梅咲耕造は息子の能力を開花させようと躍起《やっき》になっていた。

それは、そうだ。梅咲藤馬が『神子』となれば、梅咲家の立場は一気に逆転する。

しかし、藤馬の能力は戻ることはなく、十八の誕生日の後に、ひっそりと家を出たという話だ。

ここで、安堵《あんど》したのは、桜小路家だ。

そして掌《てのひら》を返して、梅咲耕造に近付いた。

対外的に梅咲家が、桜小路家との縁談に懸命であり、桜小路家は渋々了承したと思われているが、実際はそうではない。

桜小路家が、梅咲家に接触したのは、縁談を持ち掛けられるのを期待してのことだ。

仕方ない、という振りをしながら、喉から手が出るほどに梅咲家の財力が欲しかったのだ。

梅咲菖蒲は、人身御供《ひとみごくう》のようなもの。

――こんな家に来るべきではない。

これで良かったのだ。

自分に言い聞かせるように思いながらも、胸が痛むのを感じ、立夏は顔をしかめる。

だが、他にやり方があったのではないか？

菖蒲の顔を思い浮かべると、後悔と葛藤《かっとう》と罪悪感がこみ上げ、それらを打ち払うように鍵盤に手を伸ばし、演奏をする。

奏でたのは、ショパンの練習曲10－12。

『革命のエチュード』と呼ばれる曲だ。

はぁ、と息をついたその時、

「――ここに、いたんですね、お兄様」

と、扉が開き、撫子が姿を現した。

「……撫子」

「菖蒲さんのことを考えて、モヤモヤしているのかしら？」

まさに図星であり、立夏は目をそらした。

「お兄様の気持ちは分かります」

と、撫子は傍らに立って、鍵盤に手を載せた。

立夏は何も答えずに、撫子の横顔を見る。

「私も、これまであの方のことを勝手に決めつけて毛嫌いしてきたんです。一生懸命な振りをして、可哀相な自分を装っているけれど、何不自由なく育った大金持ちのお嬢様のくせにって。彼女を偽善者だと思っていました。菖蒲さんが良い子であればあるほど、イライラしていたんです」

だけど、と撫子は息をつき、話を続けた。

「あの方は、本当に必死だっただけなんですね」

撫子は窓の外に目を向ける。

自分の居場所を作り、自分の存在を確かなものにしようと、ただ懸命だった菖蒲の姿を振り返り、二人は苦い気持ちで沈黙した。

——気ままに何不自由なく育ったのは、自分の方だ。

親の庇護《ひご》の下、好きなことをしながら、家の不満ばかり口にしていた。

今まで、自分は何をしてきたというのだろう。

生涯のすべてを懸《か》けてくれた少女の想いを踏みにじりながら、その後は、何不自由なく、想い人と一緒になろうとしていた。

本当に親に逆らって想いを遂げるというならば、覚悟を決めなければいけないというのに……。

立夏は強く唇を噛《か》み、鍵盤を叩いた。

部屋に痛々しいようなピアノの音が響くなか、撫子は何も言わずに立夏を見詰める。

「……撫子」

「はい」

「覚悟を決めたよ。僕は本当に馬鹿だったと思う」

「覚悟？」

「僕は、千花と駆け落ちをする」

兄の決意表明を受けて、撫子は目を見開いた。

「……本気ですの？」

「ああ、ようやく目が覚めた。この家を嫌いながら、散々愚痴《ぐち》を言いながら、今まで僕は何をして来たのだろうと」

立夏は自嘲《じちょう》的な笑みを浮かべたあと、胸ポケットに挿《さ》している万年筆を取り出した。

「僕は、千花とペンさえあれば、何もいらない」

そう言って、再び胸ポケットに万年筆を入れて、手を当てる。

撫子は何も言わず、切ないような笑みを浮かべて、そっと頷いた。

6

慶二の誕生日パーティの翌日。

桜小路家は、どこかぎこちない空気に包まれていた。

朝食の時間、食堂に慶二と立夏の姿はなく、菊枝は不満げな表情を浮かべている。

「――大事な慶二さんの誕生日パーティに体調を崩すなんて、信じられない方もいらっしゃいましたよね。随分《ずいぶん》立派なドレスを誂《あつら》えていたようですし、張り切りすぎたのかしら」

菊枝がいつものように吐き捨てる。

菖蒲が居たたまれなさに目を伏せたその時、撫子が「あら」と菊枝に一瞥《いちべつ》をくれた。

「具合が悪かった方に対して、あまりに思いやりのない言い様ですのね。尊敬を集める高貴な方とは思えませんわ」

　いつもは賛同してくれる撫子の、予想もしない反撃に菊枝は目を丸くした。

「えっ、撫子さん？」

「菖蒲さん、気にされなくていいですわよ。菊枝さんは、菖蒲さんの愛らしさに嫉《しっ》妬《と》しているだけですから」

　撫子がうふふ、と笑うと、菊枝は顔を真っ赤にして立ち上がる。

「不愉快ですわ、部屋に下がらせていただきます！」

　と、荒々しい足取りで、食堂を後にした。

　突如、菖蒲への対応を変えた撫子の姿に、喜一や蓉子、八重《やえ》に千花が困惑の表情を浮かべている。

「お、おい、どうしたんだ、撫子？」

　と、喜一が戸惑ったように訊《たず》ねると、撫子は、別に、とすました顔で言う。

　菖蒲はそんな撫子を見ながら、嬉しさに胸を熱くしていた。

　もしかしたら、これから撫子と仲良くなれるかもしれなかったのに……。

　菖蒲は自嘲気味に笑って、カップに目を落とす。

　誕生日パーティで失態をするという計画が失敗した今、残されている方法は一つしかない。

この家を黙って出て、しばらく姿を隠すということだ。

桂子に考えを伝えると、大きく首を縦に振り、

『しばらく、身を隠せるところならございます。お任せください』

と、強い眼差しで賛同した。

そうと決まれば、善は急げだ。

明日の早朝、この家を出ようということになった。

いよいよ、この家を離れると思うと、寂しさが募るもの。最後の一日は、彼が育ったこの屋敷を堪能《たんのう》しようと思っていた。

菖蒲は一人、中庭からピアノ部屋まで、屋敷の隅々まで見て回った。

――ここで、立夏様はどんな思いを抱いてきたのだろう？　この長い廊下を無邪気に走ったりしたのだろうか？

そんなふうに思いながら、屋敷を見てまわる。

その日の夕食は、慶二と菊枝は姿を現さず、喜一、蓉子、立夏、撫子と共に、和やかで楽しい食事の時間を過ごすことができた。

時折見せる立夏の笑顔に、どうしてもギュッと胸が痛くなる。

それでも幸せであり、これまでが嘘のように素敵な最後の夜だと感じていた。

「今日は今までになく、とても穏やかな一日でしたね、菖蒲様」

夕食を終えて部屋に戻ると、桂子が荷造りをしながら優しく言う。

明日、ここを発《た》つ準備をしていた。

菖蒲も支度《したく》を手伝いながら、ええ、とうなずく。

「本当に。最後に良い時間を過ごせて良かった」

それにしても、と桂子が手を止めた。

「最後まで桜小路家の当主・喜慶《よしのぶ》様と顔を合わせずじまいでしたね」

「そうね。わたしも慶二さんのパーティにはお顔を出されると思っていたのだけど、きっと、余程お加減が悪いのでしょうね……」

そう言うと桂子は顔をしかめる。

「パーティでたまたま噂話を耳にしたのですが、伊勢《いせ》で療養しているはずの桜小路家のご当主が、神戸の酒場で騒がれていたという話なんですよ」

菖蒲は、あっ、と顔を上げた。

「そういえば、撫子さんも神戸にいるようなことを仰っていたんです。もしかしたら、お元気になられたのを隠して、遊んでらっしゃるのかしら？」

桜小路喜慶は、娯楽《ごらく》好きで知られている。

家のことを長男の喜一に押し付けて、遊び惚《ほう》けている可能性は十分にあった。

「私もそう思ったのですが、喜慶様は随分とやせ細って、今にも倒れそうな様子でもあったそうなんですよ」

「まぁ、ふくよかだった方なのに……それは心配ですね」

菖蒲の言葉に、桂子は相槌をうちながら、ベッドの下にガラスの小瓶が転がっているのを見つけた。

「なんでしょう？」

と、桂子は腕を伸ばして、小瓶を手にする。

「ああ、それは、わたしの具合が悪いと思った慶二さんが、よく効く薬だからと持ってきてくださったの」

菖蒲は、自分が慶二に襲われかかったことを桂子には伝えていなかった。

慶二の振る舞いは、許せることではない。

だが、今は波風を立てずに、この屋敷を出たいと思っていた。

「よく効く薬……？」

桂子は怪訝そうに、小瓶の中に目を向ける。

その時、窓の外でカタッという音がした。

菖蒲はばつの悪さからすぐに腰を上げて窓際《かし》に立ち、バルコニーを眺める。

だが、そこには何もなく、菖蒲は小首を傾げた。

木の葉が窓に当たったのだろうか？
ふと、空を見上げると、月が煌々《こうこう》と輝いていた。
明るい月明かりの下、中庭の東屋《あずまや》が見える。
この家にきて、はじめて彼と会話をした場所。
あの日、向けてくれた笑顔を思い出しては、切なくなる。
その後は、とても冷たい目しか見せてくれなかったのだ――。
『君は、馬鹿なのか？』
心底呆れたように吐き出された言葉が、脳裏をよぎる。
今日の夕食の時は、同席していたけれど、直接会話をしたわけではない。
寂しさを感じて目を伏せると、バルコニーにカラスがいることに気が付いた。
「あら、カラスが……こんな夜に珍しい」
菖蒲がそう言った瞬間、桂子は弾かれたように立ち上がった。
「あっ、菖蒲様、そのカラスには近付かないように。時々、凶暴なので」
と、慌てたように窓際へとやってきて、菖蒲を押し戻した。
「そんなに慌てなくても、窓を閉めてるんだから大丈夫よ」
菖蒲がぽかんとしていると、扉をノックする音がした。
桂子はカラスを追い出そうとしているのか、バルコニーに出ている。

「はい」

と、菖蒲が返事をし、扉を開けた。

訪ねてきた人物を見て、菖蒲は動きを止める。

――立夏だった。

菖蒲は、自分の前に立夏がいるのが信じられず、目を瞬かせる。

「立夏様……?」

こうして、彼が自分の許《もと》に訪れることを何度も思い描いたことがある。

だから、これは妄想なのではないか、という気持ちにさえなった。

立夏は菖蒲を前にして、ひどく決まりが悪そうにぺこりと頭を下げた。

「――君に謝りにきた」

えっ、と菖蒲の口から戸惑いの声が洩れる。

もしかして、自分が明日、家を出ることに気付いたのだろうか?

喜一に説得されてここに来ているのだろうか?

それとも、もしかして……?

頭の中でだけぐるぐると思考が駆け巡り、口からは言葉が出てこない。

菖蒲は何も言えないまま、立夏を見上げた。

「僕は今夜、千花とこの家を出るつもりだ」

立夏は、強い口調でそう続ける。

それを聞いて、菖蒲の肩から力が抜ける気がした。

どうやら自分はこの期《ご》に及んで、何か期待していたようだ。

そうでしたか、と菖蒲は微笑む。

美しい王子様は、屋敷の使用人と恋に落ちて、そのまま手を取り合い駆け落ちをする。本当に、目眩がしそうに素敵な物語だ。

「僕は君を誤解し続けていた。誤解だけではなく、手前勝手な思いから、早く家に帰ってもらいたいと、理不尽につらく当たってきた。心から詫《わ》びたいと思う。申し訳なかった」

そう言って立夏は深く頭を下げる。

そんな、と菖蒲は焦《あせ》りで目を泳がせた。

「立夏様、頭を下げたりしないでください。立夏様は、ご自分の大切な人を護《まも》るのに一生懸命だっただけなのを、わたしはよく分かっておりますから」

そう言うも、立夏は申し訳なさそうな目を向けている。

今、こうして自分に優しい目を向けてくれているのは、自分が許嫁ではなくなったからなのだろう――。

菖蒲は覚悟を決めて、お辞儀をした。

「立夏様、どうかお幸せに」

立夏は顔を歪《ゆが》ませながら、ああ、と小さくつぶやく。

「あら、立夏様、そんな顔をしては駄目ですよ。これから幸せになられるのですから。心配しないでください、ちょうどわたしも、実家に帰るつもりでいたんです。帰りましたら、新たにお見合いをして、立夏様よりずっと素敵な人を見付けたいと思います」

菖蒲はあえて明るく、心にもないことを言う。

立夏は弱ったように、ありがとう、とはにかんだ。

物語の主役にはなれなかったけれど、せめて悪役ではなくなったのだ。

もう、それで十分だ。

これで――わたしの長い初恋が終わる。

菖蒲は、涙を堪《こら》えて、笑顔を返した。

第六章　炎の中で

1

桂子《けいこ》はバルコニーに出て、カラスに歩み寄った。

カラスの足に主《あるじ》からの手紙が結ばれているのを見て、桂子は息を呑《の》んだ。

こんな時間に手紙が届けられるというのは、緊急の用事があるということだ。

桂子はするりと手紙を解いて、内容を確認した。

『神戸を調査していたところ、桜小路《さくらこうじ》家当主・喜慶《よしのぶ》が神戸の別荘にいたことが分かった。聞き込みの情報によると、どうやら軟禁《なんきん》状態だったようで、時々抜け出しては、連れ戻されていたそうだ。先日酒場で暴れたのを目撃されたことをきっかけに、どこかほかに移された模様』

軟禁状態……と桂子は静かに洩《も》らす。

なぜ、そんなことをする必要があるのか。酒場で暴れていた当主は、かつてふくよかだったが、今はやせ細っていたという話も先に聞いている。

もしかして、と桂子は呼吸を殺して、先ほどベッドの下に転がっていた薬が入っているガラスの小瓶を手にした。中には、白い粉が入っている。

手紙には、まだ続きがあった。

『嫌な予感がする。急だが今夜のうちに屋敷を出てほしい。夜十一時には迎えに行けると思う』

最後の一文を見て、桂子は咄嗟《とっさ》に菖蒲《あやめ》の方を見た。

菖蒲は、立夏《りっか》と会話をしていた。

桂子は驚いて、部屋に足を踏み入れる。

菖蒲は、ちょうど立夏を笑顔で見送って、扉を閉めたところだった。

扉を閉めるなり、菖蒲は戸に額を当てて、大きく息を吐き出している。

「菖蒲様……」

背後から声を掛けると、菖蒲はそっと振り返る。目に涙が浮かんでいた。

「桂子さん、立夏様は、今夜千花《ちか》さんと家を出ることを決めたそうなの」

えっ、と桂子は目を瞬《またた》かせる。

「立夏様は、わざわざそのことを報告に?」

なんて無神経なのだろう、と怒りが込み上げてきたが、菖蒲は嬉しそうに頬《ほお》を赤らめている。

「立夏様は、わたしに謝ってくれた。とても優しい目を向けてくれて……」

良かった、と菖蒲はか細い声で言う。

そうですか、と桂子は菖蒲の体を抱き寄せる。

「がんばりましたね、菖蒲様」

もうすぐ、この伏魔殿《ふくまでん》から出られますよ。

桂子は心の中でそう告げて、菖蒲の背を撫《な》でた。

2

菖蒲との話を終えたあと、立夏は足早に中庭へと向かった。

千花がいつものようにそこで待っているはずだからだ。

月明かりの下、佇《たたず》む千花の姿を見て、立夏はホッとする。

健気《けなげ》に自分を待つそのシルエットに、愛しさを感じた。

「千花」

声を掛けると、彼女は嬉しそうに振り返る。

「立夏様、大事なお話って？」

千花は緊張の面持ちで、静かに訊ねる。

きっとこれから伝えることを察しているのだろう。

「僕は決意したんだ。千花、僕とこの家を出よう」

しっかりと手を取って言うと、千花は目を泳がせる。

「すべてを捨てて、僕と駆け落ちをしよう」

「えっ、すべてを捨てて？」

「ああ、できれば早い方がいいんだ、荷物は最低限で……」

立夏が手を握ったままそう言うと、千花は拒否反応でも起こしたかのように、その手を軽く払った。

「……千花？」

「無理です、そんな」

顔を背《そむ》けてそう告げる千花に、立夏は眉根を寄せた。

「行先を心配しているのか？　僕だって無計画で言っているわけじゃない。わずかだけど貯金がある。それで小さな家を借りて、二人で力を合わせて慎ましく暮らして行こう」

再び手を握ると、今度は力いっぱい振り払った。

「私は、『慎ましく』なんて、嫌なんですっ！」

「――えっ？」

「立夏様には分からないでしょう？　私は、物心ついた時から『女中』なんです。もちろん、同世代の庶民から見たら大きなお屋敷の使用人は恵まれているかもしれません。でも、私にはこの世界しかなくて、この世界では一番下、最下級の人間なんです！」

と、千花は喉の奥から絞《しぼ》り出すように声を上げた。

思いもしない言葉に、立夏は目を見開いた。

「お嬢様たちも訪れるお客たちも、みんな大金持ちできらびやかで、どれだけ羨《うらや》んだか。私は、あなたに見初《みそ》められたことで、女中を使う側の人間になれると思ったんです。お金持ちの奥様になることを夢見てきたんです。ようやく、それが叶うと思ったら、『すべてを捨てて駆け落ち』して『慎ましく暮らして行こう』なんて！　結局、庶民じゃないですか。そんなの冗談じゃないです！」

今までの素直で健気な雰囲気とは一変した千花に、立夏はしばし言葉が出なかった。

「君は、僕を好いていてくれたんじゃないのか？」

立夏が呆然《ぼうぜん》としながら訊《たず》ねると、千花は自嘲《じちょう》気味に笑った。

「好きでしたよ。立夏様は素敵ですし、何よりこのお屋敷のお坊ちゃんですもの。あなたに見初められたいと思ってきました……ですが、私と立夏様の仲を懸念《けねん》した喜一《きいち》様がお見合いの話を持ってきてくれていたんです。華族ではないのですが鉱山をお持ちの資産家で、そのお話を受けるのも良いなと思ってました」

千花は大きく息をついて、話を続ける。

「てっきり、今宵《こよい》は別れ話かと思っていました。そうしたら、私は泣きながら屋敷に戻り、明日にはここを出て、お見合いをするという流れを想定していたんです。ちゃんと泣き真似《まね》ができるかとソワソワしていたのですが、まさか駆け落ちだなんて……」

「僕の書いた小説に感銘を受けたと言ってくれたのは？　特に駆け落ちの場面がとても素敵で、いつか自分もと夢見てしまったと感想を書いてくれたのは？」

「私は文字が読めません。あの感想を書いたのは、全部蓉子《ようこ》様です」

そう言って千花は目をそらす。

「……蓉子さんがどうしてそんなことを？」

「蓉子様が、『立夏さんの心をつかみたいなら協力してあげましてよ』って仰ってくれたんです。ですので、私は今まで蓉子様の指示に従って行動してきたまでです。だけど、まさかすべてを捨てて出て行くだなんて……」

千花はやりきれないように言って、小さく舌打ちする。

何もかも信じられないまま、立ち尽くしていると、ふふっと笑い声が聞こえてきた。

「千花さん、わたくしのことまで暴露《ばくろ》しなくてもよろしかったのに。やはり浅はかな方はボロが出るものですわねぇ」

声の方向に顔を向けると、蓉子が楽しげに微笑《ほほえ》んでいる。

「よ、蓉子様」

千花は目に見えて分かるほどに狼狽《うろた》えて、体を震わせている。

蓉子はゆっくりと千花に視線を合わせ、そのまま口角だけを上げた。月明かりの下、目は笑っていないのに口許《くちもと》だけは微笑んでいる。

まさに能の面を思わせる蓉子のその姿は、美しさも相俟《あいま》って、まるでこの世のものとは思えない空恐ろしさを感じさせた。

立夏の背筋がゾクリと冷える。

「お下がりなさい」

穏やかだが迫力のある言葉に、それまで硬直していた千花は逃げるように、その場を後にした。

立夏は、千花の走り去る後ろ姿をぼんやりと眺《なが》める。愛しかった少女だったというのに、今は知らない人を見るような心持ちだ。

「立夏さんは、今どんなお気持ちなのかしら？」

蓉子は庭園の白薔薇《しろばら》をひとつ摘《つ》み取って、香りを嗅《か》いで顔を綻《ほころ》ばせる。

その姿は、今夜の夕食時に見せていた表情となんら変わりはない。

やはり、自分は夢でも見ているのかもしれない。

酷く残酷で、酷く現実的な夢を。

「慶二《けいじ》さんの誕生日パーティで、あなたのピアノの先生が素敵なお話をされていましたね。『恋心が幻想じゃなければ、なんなのだろうと思ってしまいまして』と」

――相手のすべて、何もかもを知ってから好きになることなんて、あまりないことですよね？

そもそも、恋というのは理性でするものではないですし。大きさの違いはあれど、恋とは基本的に「幻想」なのではないでしょうか。

あなたもこれまで恋をしたことがあるでしょう？　どこか自分の理想や想像を織り込んだ、幻想も入っていたとは思いませんか？――

講師の言葉が、鮮明に蘇《よみがえ》り、立夏は目を伏せる。

「まさに、立夏さんは『千花』という少女に自分の幻想を重ね合わせて、恋をしていたのでしょうね」

蓉子はふふっと笑って、横目で立夏を見た。

「どうして、こんなことを？」

今も混乱しているなか、立夏はこれまでの出来事を振り返る。

ピアノの部屋に置き忘れた原稿がなくなっていて探していたら、いつの間にか自室の机の上にあったのだ。

そこに添えられていたのは、小説を読んだ感想の手紙だった。

誰なのかと探していたら、

『あら、それを書いたのは、千花さんよ。わたくしの部屋で熱心に読んでいたの。──ねぇ、千花さん？』

と蓉子は、千花に向かって言った。

その時、千花は戸惑《とまど》ったような表情で、答えたのだ。

『あっ、はい。私が……』と──。

「わたくしが、あなたの原稿を見付けて読んだのも、感想を添えて机の上に置いたのも、ほんの気まぐれでしたのよ。あなたの書いた小説はとても楽しめましたわ。青臭くて、自分勝手で、恵まれていながら悲劇の中にいて。とても文豪の素質があると思いましたわ」

と、蓉子は、揶揄《やゆ》とも賛辞《さんじ》ともつかない言葉を告げる。

「わたくしが書いた感想を誰なのかと必死で探しているあなたを見て、これはあなたと千花を結びつける良いチャンスだと思いましたのよ。千花は、あなたに見初められたいと必死でしたから。それで、こんな助言もしたんですよ。もし、作品についての話になったら、『感想はすべて手紙に書かせていただいております。ですが一言だけ。今回もとても美しかったです』そう仰いなさいと。千花は可愛らしいけれど、工夫ができない子だから、いつも同じことを言っていたでしょう？」

「――だから、どうしてそんなことを？」

「ただの計画のひとつ。成功してもしなくてもどちらでも良かったのです。あなたには恨みはないですしね。千花が本当にあなたのことを好きになって、そのまま駆け落ちしてくれたなら、それはそれで良いと思っていましたわ。まさか、あの子がここまでの野心家だとは思っていませんでしたわ。すべては劣等感のなせることですわね」

「計画？」

ええ、と蓉子は手を震わせながら、白薔薇の花びらを噛《か》んだ。

「わたくしの夫もあなたのような人だったら良かったのに……。青臭い文章を書くことに懸命《けんめい》で、それを褒《ほ》めさえすれば単純に喜んで、運命だの愛だのに浸《ひた》ってくれる――、そんな男だったら良かったのに……」

「蓉子さん？」

「立夏さん、わたくしもかつては幻想に恋をしていましたのよ」

「幻想？」

ええ、と蓉子は遠くを見るような目でそう話し、自嘲気味に笑う。

「わたくしにも初恋の方が……密かに想いを寄せていた方がおりました。相手の方もわたくしを好きだと、『君に相応《ふさわ》しい男になって、いつか迎えに行く』と仰ってくださっていました。ですが、その方は親が許さない相手。わたくしも公爵《こうしやく》家の娘です。彼の言葉は嬉しかったけれど、彼と結ばれないことは分かっていました。ですので、わたくしは結婚に対して諦《あきら》めの気持ちがありました。秘めた清い恋と、家同士を結び付ける結婚は別ものだと割り切っていたのです。実際、その方は迎えに来てくれませんでしたし」

ですが、と蓉子は続ける。

「喜一さんとのお見合いで、わたくし、彼にこう言われましたの。『才色兼備という言葉を知っているよね。それはまさに君のための言葉だと僕は思う。君は僕にとって、そして桜小路家にとって申し分のない理想的な女性だ。どうか、僕の妻になっていただけませんか』――と。喜一さんはわたくしの手をとって甲に口付けをしてくださったんですよ。わたくしは、この方でしたら、と胸を熱くしました。結婚に期待をしていなかった分、夢でも見ているかのようでした」

蓉子は手を組んで少女のように微笑む。その後、すぐに顔を歪《ゆが》ませた。

「でも、それは結婚するまでの夢でした。結婚後、わたくしの能力が薄れたんです。一時は斎王《さいおう》候補とまで言われたわたくしでしたのに。さらに実家の事業が失敗して、お金持ちではなくなってしまったんです。そうすると、彼の態度が急変しましたわ。閨《ねや》でも最初は恥ずかしがるわたくしをただ可愛いと仰って下さっていたのに、ある日突然、『いいかげん飽きるんだよ』と言われてしまいましたの。そして彼は『彼女に倣《なら》え』と部屋に愛人を呼び、わたくしの目の前ではしたないことを始めました。あの時のおぞましい光景と声が、今も目と耳に焼き付いています」

蓉子の顔は青白い。全身が震えていることが分かった。

「そんな……」

信じがたいとは言い切れなかった。あの兄ならばやりかねないのだ。

「子どもを授かることができなかったのも、彼の機嫌《きげん》を損ねる要因でした。このことに関しては、本当に悩んで苦しかった。親にも孫を期待されていましたしね。ある夜、喜一さんが留守の時でした。ひどく酔っぱらった慶二さんがわたくしの部屋にやってきたのです。そしてこう言いました。『蓉子さん、俺なら君を妊娠させられる気がするんだ。桜小路家の血を遺《のこ》せるんだから俺でもいいよね。俺と遊ぼうよ』と、わたくしを無理やり……」

「――えっ？」

立夏は虚《きょ》を衝《つ》かれたように目を見開いた。

「これでお分かりでしょう？　わたくしは桜小路家に復讐《ふくしゅう》をしたかったのです。梅《うめ》咲《さき》家との縁談が破談になれば、この家は終わりです。ケダモノのくせに気位だけは高い最低な者たちに辛酸《しんさん》を舐《な》めさせてやろうと、ずっと思っておりました」

冷たく冴えた表情で言う蓉子を前に、立夏は絶句していた。

「あら、そんな顔をしてくれるなんて、やっぱり立夏さんはお優しいのね。桜小路家の中では唯一マシな男だと思っていましたのよ。あなたもわたくしと遊びます？」

蓉子は、立夏に歩み寄って体を押し付けるようにする。

立夏はすぐにその両肩をつかんで制した。

「菖蒲さんは実家に帰るという。これで、間違いなく桜小路家は没落だ」

あらそう、と蓉子は肩をすくめる。

「それでは、立夏さんは、菖蒲さんと千花、両方を失ってしまったのね？」

「そんなのはどうでもいい。蓉子さん、あなたこそ実家に帰るべきだ」

蓉子は何も答えず、怪訝《けげん》そうに眉間《みけん》に皺《しわ》を寄せる。

「これまで兄たちがしてきた愚行《ぐこう》を心からお詫《わ》びしたい」

立夏は、視線をそらさず真っすぐ言って、深々と頭を下げた。

そんな立夏を前にして、蓉子は驚いた様子を見せるも、すぐに笑った。

「千花の件で少しはマシになったかと思えば、やっぱりあなたは青臭いのね。でも、嫌いじゃなくてよ。おやすみなさい、立夏さん」

蓉子は踵《きびす》を返して、屋敷に向かって歩き出す。

その場に取り残された立夏は大きく息をつき、壁にもたれかかった。

3

蓉子は、そのまま屋敷に入り、自分の部屋へと向かう
愛人の騒動が起こってから、喜一とは寝室が別になっている。

部屋の扉の前には、千花が俯《うつむ》いて佇んでいた。

「あら、千花さん、そんなところで何をやっているのかしら?」

蓉子が訊ねると、千花はビクンと体を震わせ、すぐにその場に手をついた。

「蓉子様、申し訳ございません、申し訳ございません!」

千花は、額が付くほどに頭を下げてそう言う。

「やめてくださらない？　謝られるほど、わたくしはあなたに期待してなくてよ」

蓉子は呆《あき》れたように言って、そのままドアノブに手を掛けた。

その時、千花が勢いよく顔を上げた。

「だ、駄目です、今は入られない方が！」

蓉子は顔色を変えて、勢いよく扉を開ける。

千花が止めた理由は、すぐに分かった。

喜一といつかの愛人が、蓉子のベッドの上にいて、睦《むつ》み合っていた。

二人は部屋に入ってきた蓉子を見て、くっくと笑う。

「わたくしの部屋で何を？」

蓉子が冷ややかに訊ねると、喜一は愉《たの》しげに口角を上げた。

「こいつが前に、おまえに見られながらしたのが忘れられないって言うんだ。思えばおまえもその後の行為では随分《ずいぶん》乱れたし、実はこういうのが好きなんだろう？」

「良かったら、奥様もご一緒しません？　お好きなんでしょう？」

そう言って嗤《わら》う二人の忌《い》まわしい姿に、蓉子の頭の中で何かが弾《はじ》け飛ぶ音がした。

蓉子はテーブル上で仄かな明かりを灯《とも》しているランタンランプを手にし、

「――ええ、大好きよ」

と、ベッドに向かって投げつける。

シーツに火が付くと、蓉子は絶叫と笑い声を上げる。

火は、蓉子の感情に反応したかのように大きく燃え上がった。

4

蓉子がベッドに放ったランプの火は瞬く間に大きな炎となり、古い木造建築の屋敷を包んだ。

桂子と菖蒲は今夜のうちに出発しようと、まさに屋敷を出たところであり、火の手が上がった屋敷を呆然と振り返る。

間もなく、火事に気付いて逃れてきた者が屋敷の前の広場に集まりだした。

八重《やえ》や千花を含む十数人の使用人と、撫子《なでしこ》と菊枝《きくえ》の姿が見える。

今も勢いを増していく炎を前に、菖蒲は放心して立ち尽くしていた。

「まさか、こんな大変なことになるなんて……」

桂子が洩らした言葉が聞こえているのかいないのか、菖蒲は何も反応しない。

目を見開いたまま、炎に包まれていく屋敷を眺めていた。

庭では恐怖と錯乱《さくらん》から、泣き叫ぶ使用人たちの声が響いている。

「ねぇ、慶二さんはどこ？　慶二さんはいないの？」

半狂乱で慶二の姿を探す菊枝を目の端で捉《とら》えた。

桂子はそんな菊枝を見ながら、胸が痛んだ。

彼女も、菖蒲と同様に、親の決めた許嫁《いいなずけ》を一途《いちず》に想ってきたのだろう。

「そういえば、慶二様の姿は見当たりませんね。それどころか、喜一様、蓉子様、そして立夏様のお姿も……」

桂子はそうつぶやいたあと、大きく目を見開いた。

菖蒲が呆然としているのは、立夏の姿がここになかったからなのでは？

「――菖蒲様」

振り返った時には菖蒲の姿はなく、

「菖蒲様っ？」

桂子は目を見開いて絶叫した。

＊

屋敷の西側から発生した火災が中央ホールへと燃え移る中、東側の部屋で一人、酔っぱらい、眠りについていた慶二は、ドアの隙間から流れ込む煙に息苦しさをおぼえ、目を覚ました。ずきずきと痛む頭を押さえて、体を起こす。

「なんの騒ぎだ？」

訝《いぶか》しく思いながら扉を開けると、一気に煙が襲ってくる。

慶二はその場に膝をついて、ゴホゴホとむせた。

「どうしたんだ、これは」

すぐに扉を閉めて、窓を大きく開け、はあはあと、呼吸を整える。

「慶二さん、早くお逃げください。東側はまだ大丈夫です」

屋敷前の広場からそんな声が届く。

下を見ると、菊枝をはじめ、執事や女中たちが必死に手を振っている。

「逃げる？」

未だ状況を把握できないまま、慶二は首を伸ばして西側に顔を向けた。

中央より西側が、轟々《ごうごう》と燃えさかっているのが目に入り、

「な、なんだこれ」

慶二は膝を震わせながら、カーテンにしがみついた。

「慶二さん、早くっ！」

菊枝の泣くような声に、慶二は震えながらも何度も頷《うなず》いた。

火事への恐怖よりも、死にたくない気持ちの方が勝る。

水差しを手に、手拭いを水に浸して口に当て、慶二は勢いよく扉を開けた。

再び押し寄せる煙に気圧《けお》されながらも、東側の勝手口へと急ぐ。

東へと進むつれ、煙が薄れる中、どこからか笑い声が聞こえてきた。

廊下の先の、ふらふらと歩く女性のシルエットに、慶二は目を凝《こ》らした。

「蓉子さん？」

慶二が静かに問うと、彼女はゆっくりと振り返った。楽しそうに微笑んでいる。

「何をしているんですか、早く逃げないと。今、この屋敷は燃えているんだよ？」

駆け寄って蓉子の腕をつかむと、彼女はにこりと目を細めた。

「ええ、存じておりますわ。だって、この火はわたくしが放ったんですもの」

「――えっ？」

「主人がわたくしのベッドで愛人と戯《たわむ》れておりましたの。とても情熱的でしたので、火にくべて差し上げましたのよ。それなのに逃げられてしまったので、二人を捜していたんですの」

「蓉子、さん？」

その目には狂気があり、慶二は自らの体から血の気が引くのを感じた。

「おぼえてらっしゃる？　喜一さんが留守の時。一度、酔っぱらったあなたがわたくしの寝室に訪れた時のこと。あなたは、わたくしを無理やり組み敷いた……あの時のあなたもまるで炎のように情熱的でしたわよね。禁断の関係に勝手に燃え上がってくださったのかしら。だけど今なら、わたくしも楽しめましてよ。ねぇ、慶二さん、この燃えさかる炎の中、わたくしともう一度遊びませんか？」

すっ、と寄り添って、ぺろりと耳を舐めた蓉子に、慶二は絶叫した。

＊

千花と蓉子から真実を打ち明けられた立夏は、庭の離れの別邸で洋酒を口に運んでいた。

――私は物心ついた時から『女中』なんです。

――まさに、立夏さんは、千花という少女に、自分の幻想を重ね合わせて、恋をしていたのでしょうね。

いつも頬を赤らめて俯き、恥じらってばかりだった千花が発した言葉と、微笑みながら残酷《ざんこく》な真実を伝えた蓉子の言葉が、頭の中でぐるぐると駆け巡る。

「くそっ」

グラスをテーブルに叩きつけて、立夏は額に手を当てた。

何に対して苛立つというのか？　千花が自分の思い描いていた女性とは違ったか

らなのか、蓉子に踊らされていたことが悔《くや》しいからなのか――。

いや、違う。

幻想に恋をして、本質を見ようとせずに浮かれて、夢を見続けていた自分の至らなさが、どうしようもなく腹立たしくてならない。

額に手を当てて、グシャグシャと前髪をかいていると、庭の向こうが騒がしいことに気が付いた。

「大変です、火事です！」

「早く消火を！」

その言葉に立夏は目を見開き、勢いよく立ち上がる。

まさか、という気持ちの中、別邸を出る。

風に煽《あお》られ、轟々と音を立てている桜小路邸が目に入った。

正面側に回ると、すでに消防手が忙しく動き回り、屋敷前の広場にはたくさんの野次馬と、使用人たちの姿が見える。

咄嗟《とっさ》に千花の姿を探す。

千花は、八重と共に広場の隅で蹲《うずくま》っていた。

無事だったのを確認し、立夏は安堵《あんど》の息をつく。

同時に、あんな風に言われても自分はまだ彼女に想いを残していることを感じ、苦いような気持ちになった。

女々しい話だ。いや、どんなかたちであれ、好きになった人が火事に巻き込まれるのは嫌で当然だろう。

そんな風に思いながら、呆然と屋敷を眺めていると、

「——お兄様っ！」

撫子の声に、ハッと我に返り、声の方向に顔を向けた。

顔にすすをつけた撫子が泣きそうな顔で、駆けてくる。

「撫子、良かった。みんなは無事なのか？」

手を差し伸べたその時、撫子がグッと立夏の腕をつかんだ。

「喜一お兄様と愛人は、窓から飛び降りて怪我《けが》をしたけど助かったわ。蓉子さんと慶二お兄様はさっき、屋敷から飛び出してきたのだけど、二人とも錯乱していて……」

「錯乱？」

「蓉子さんが、笑いながら慶二お兄様を追い掛けていたの……」

えっ、と立夏が驚いていると、撫子が早口で続ける。

「それよりも広場にいたはずの菖蒲さんの姿がないの。もしかしたら、お兄様を探しに屋敷に入って行ったかもしれないって、桂子さんが」

立夏は耳を疑い、大きく目を見開いた。

「なん……だって？」

「お兄様の姿がないから火事に気付いてないのかと思ったんじゃないかって。さっき桂子さんが屋敷に飛び込んでいこうとして、消防手に止められて……」

バクバクと鼓動が打ち鳴らされる。

あの子は――どこまで、馬鹿《ばか》なんだ？

立夏は、あらためて屋敷を見る。

中央から西側が燃えさかっているものの、消防手の活躍もあって東側まではまだ火は回っていない。

ピアノがある部屋は、東側の端だ。

立夏はグッと拳《こぶし》を握りしめ、着ているシャツを脱いで、噴水に浸し、すぐにまた羽織った。撫子が戸惑いの目を向けている。

誰かに止められる前にと、立夏はそのまま駆け出した。

「お兄様っ！」

撫子の悲鳴に近いような声は、喧騒《けんそう》にかき消された。

屋敷東側の勝手口から中に飛び込むと、火の手は届いていないものの、思った以上に煙が広がっていた。濡れた着物の袖口を口に当てる。

ピアノの部屋に向かっているのだろう、と迷いもなく駆け出す。

白い煙に覆《おお》われた廊下の先に人影が動いている気がして、立夏は足を止めて目を凝らした。

菖蒲だった。おぼつかない足取りを見せている。

彼女は、立夏の姿を確認するなり、嬉しそうに微笑んだ。

「良かった、立夏様、ご無事だったんですね……」

そこまで言って、菖蒲はむせる。

西側からの煙が、ここまで到達してきたのが分かった。

火事では、火そのものよりも、煙の影響で亡くなる者が大半だという。

まだ火が到達していないとはいえ、このままでは二人ともここで果てるだろう。

立夏が菖蒲に向かって、屈《かが》み込むよう、声を上げようと思ったその時だ。

菖蒲は、大きく目を見開き、きゃあ、と声を上げた。

西側を向いている菖蒲の目には、火の手が見えたのだろう。

目を瞑《つむ》り、手にしてるものを守るように胸に抱いた。

その瞬間――青白い光が菖蒲の体を包む。

その光は、みるみる龍《りゅう》の形となって、西側に向かって勢いよく放たれた。

立夏は、立っていられないほどの風圧を感じ、思わず床に膝をつく。

押し寄せていた煙は、一気に消え失せている。

「今のは……」

間違いなく、これは能力の発現だ。

それどころではない。

今菖蒲が見せたのは、体内の力を外へと放出させるというものだった。

話では聞いたことがあった。力を放出させることができる者は、鬼を見る『白虎《びゃっこ》』、予知をする『青龍《せいりゅう》』などの比ではない能力者であり、『神子《みこ》』や『審神者《さにわ》』の頂点に立つと。

それは、『斎王』が持つと言われる『麒麟《きりん》』の力だ。

とても強い力を目の当《ま》たりにし、立夏は呆然とする。

当の菖蒲は、その場に倒れこんだ。

あっ！　と、立夏は、菖蒲の許に駆けつける。

「大丈夫かっ？」

しゃがみこんで体を揺らすと、菖蒲は、ううっ、と呻《うめ》く。

立夏はホッとして、胸に手を当てた。

同時に苛立ちも感じる。なぜ、わざわざ火事が起きている屋敷の中に飛び込んできたのか。

この細腕で男の体を抱えて逃げられるわけがないというのに。

腹立たしさを感じながら、腕に力を込めて彼女の体を抱き上げた。

その時、菖蒲の手から何かが落ちた。

そういえば、大事そうに何かを持っていたのだ。戸惑いながら、その品を確認すると、そこには立夏と撫子の母親の肖像画があった。

彼女は、この絵を取りにきたのだ。以前、この絵が母を知ることができる唯一のものだと言ったのを覚えていたのだろう……。

本当に、救いようのない馬鹿だ。

「はっ」

呆れて笑いが込み上げる。

それなのに、もう煙はなくなっているのに、涙が止まらない。

「僕は、この子のなにを見ていたんだ……」

馬鹿はどっちだったのだろう――。こんなにも、この子は自分を想ってくれていたというのに、幻想にうつつを抜かして、傷付け続けた。

意識を失った菖蒲は、とても穏やかな表情を浮かべている。

「すまなかった……」

この屋敷にいる間中、強張《こわば》った表情ばかりをさせてしまったな、と立夏は菖蒲の頭をそっと撫でた。

必ず助けなければ、と立夏は菖蒲の体を抱き上げる。

裏口から、屋敷の外へと急いだ。

外に飛び出るなり、新鮮な空気に何もかもが救われるような気がした。

中庭は屋敷の者、消防手、野次馬でごった返した状態になっている。

自分達が外に出てきたことで、わっ、と上がる歓声と共に、

「菖蒲様！」

桂子の泣くような声が響く。彼女の隣には、二十代半ばと思われる男の姿があった。精悍《せいかん》な顔立ちをした凜々《りり》しい青年だ。

「ああ、菖蒲……」

見覚えはないが、声はどこかで聞いたことがあった。

青年は悲痛な声を上げて、立夏の手から奪うように菖蒲を抱き上げた。

「可哀相に、大変な目に遭ったね」

と、彼は、菖蒲の額に自分の額を合わせた。

その姿を直視できず、立夏は思わず目をそらした。

今や、菖蒲は自分の婚約者でもなんでもない。

さらに言えば、彼女を拒否し続けてきた。だというのに、見知らぬ青年が愛しそ

うに菖蒲を抱きかかえる姿を目の当たりにして、なぜか胸が騒ぐ。

そんな資格など、微塵《みじん》もないというのに――。

彼の傍《かたわ》らで、桂子も目に涙を浮かべながら、菖蒲に寄り添っている。

「ご主人様の仰った通りになりましたね……」

桂子が言う『ご主人様』とは、隣に立つ青年のことなのか、梅咲耕造《こうぞう》のことなのか、今の立夏には判断が付かなかった。

その時、青年は菖蒲を抱いたまま、動きを止めた。彼の視線の先に顔を向けると、喜一や慶二、そして蓉子が担架《たんか》で運ばれていく姿が見える。

「彼女も早く担架で運んでもらった方がいい」

立夏がそう言うと、青年は忌々《いまいま》しそうに一瞥《いちべつ》をくれる。

「君に言われなくてもそうするよ」

青年は、菖蒲を救急隊の許へと運んだ。

桂子はその後について行こうとして足を止め、振り返る。

「菖蒲様を助けてくださいまして、ありがとうございます」

と、深く頭を下げた桂子を前に、立夏は「いや」と小さく首を振る。

「礼には及ばない。せめてもの詫びだ」

そう言うと、桂子は複雑な表情を浮かべる。

「ですが、それでもありがとうございます」

桂子は、再びお辞儀《じぎ》をする。

ずっと側で付き添っている使用人から、こんなふうに慕《した》われる彼女はやはり、心の優しい人物だったのだろうと、立夏は今さらながら実感した。

「僕から最後にお願いがあるんだ」

そう切り出した立夏に、桂子は警戒したような目を見せた。

この期《ご》に及んで、何をお願いしようというのかという眼差《まなざ》しだ。

「彼女はきっと誰に助け出されたのか分からない状態だったはずだ。助けたのが僕だということを決して伝えないでほしい」

そう告げると、桂子は意外だったのか目を瞬かせる。

すると先ほどの青年がやってきて、口を開いた。

「ありがとう。自分もそうしてもらえたらと思っていたよ」

この男は一体何者なのだろう？

立夏は怪訝に思いながら、目を凝らす。

「不審者を見るような目で見ないでほしいな。僕はこの前、君と挨拶《あいさつ》を交わしているんだけどね」

「挨拶を？」

「ああ、『技能會《ぎのうえ》』で」

たしかに、聞き覚えのある声だったのだ。

あの時、挨拶を交わした人物の顔はすべて覚えている。

唯一、分からないのは、顔を隠していた者──『審神者』たちだけだ。

立夏はハッとして大きく目を見開いた。

「それでは、あなたは……」

彼は否定も肯定もせず、ただ口角を上げた。

「ところで、菖蒲を抱き上げた時に、あの子の体から強い力を感じたんだが、もしかしたら、あの子はこの窮地《きゅうち》で能力を発現したのではないかな？」

そう問われて、立夏はぎこちなくうなずく。

「……はい。それは、強い力を」

そうか、と彼は嬉しそうに目を細めた。

「そのことだけは心から礼を言うよ」

それじゃあ行こうか、と男は桂子に視線を落とす。

桂子は、はい、と答えて、立夏に向かって改めてお辞儀をした。

「立夏様、私も菖蒲様も、もうあなたにお会いすることはないでしょう。短い間ですが、お世話になりました」

立夏は何も答えず、頭を下げる。

自分に背を向ける二人の姿を眺めながら、立夏は大きく息をついた。

今も胸に広がるもやもやとした思いがなんなのか、自分でも分からず、そっと目を閉じる。

背後では、桜小路邸が燃えさかり、やがて音を立てて崩れていった。

第七章　花の戦《いくさ》

1

京都御所《ごしょ》の東側に『審神者《さにわ》』がつどう屋敷『椿邸《つばきてい》』があった。

建物は平屋の和風邸宅であり、広い庭を誇っている。その庭は、四季折々の花が咲くのだが、特に椿が美しいということで、椿邸と呼ばれていた。

とはいえ、椿邸は一般人はおろか華族でさえも許可なく入ることができない特別な屋敷であり、人々の羨望《せんぼう》を集めている。

閉ざされた門の向こうで鹿威《ししおど》しの竹音が響くのを耳にした人々は、やんごとなき方々の姿を想像し、今日もうっとりと目を細めながら通り過ぎていった。

菖蒲《あやめ》は、そんな椿邸の縁側に座り、ぼんやりとした面持《おもも》ちでつつじを眺《なが》めていた。

「菖蒲、体調はどうだい？」

横から声がして、菖蒲はゆっくりと顔を上げる。

青年が優しい笑みを浮かべていた。

「もう、大丈夫です。ご心配をおかけしました、お兄様――」

菖蒲が深々と頭を下げると、彼は弱ったように頭を掻《か》きながら、隣に腰を下ろす。

「心配をかけさせたのは、僕の方だから、そう言われると耳が痛いよ」

その言葉に菖蒲は、あっ、と我に返ったように言う。

「本当です。わたしは、ずっとお兄様を心配していたんですよ」

菖蒲の兄・藤馬《とうま》は、十八の誕生日を迎えたあと、家を出たきり行方知れずだった。

父・耕造《こうぞう》も最初は行方を捜していたようだが、あまりに見つからなかったので、『あいつのことはもう知らん』と声を張り上げていたのを覚えている。

兄に期待をかけていたため、衝撃も大きかったようだ。

兄は元々、小さい頃、鬼を見ることができていた。

『神子《みこ》』の素質があると、父は歓喜して、兄を持て囃《はや》した。

だが、成長と共にその力が薄れていき、父は焦《あせ》りを覚えた。

その力を失わせてなるものか、と大金を支払って『神子』を招き、祈禱《きとう》をしてもらったり、兄を高野山《こうやさん》に預けて修行させたりと、あらゆる手を尽くした。

だが、それでも能力の低下は抑えられず、兄は十八の誕生日を迎えた。

十八を越えて、能力が発現することはまずない。

父は目に見えて分かるほどに失望し、兄を罵倒《ばとう》した。

誕生日の翌朝、兄は家からいなくなっていた。

――あれから、約六年。

「一体、どこへ行っていたんですか？　急に現われたかと思えば、『審神者』になっていらっしゃったなんて、どういうことなんでしょうか？」

「質問責めだなぁ」

と、藤馬は愉快《ゆかい》そうに笑い、ごめんなさい、と菖蒲は肩をすくめる。

「お聞きしたいことが多すぎまして。お兄様が『神子』――さらに『審神者』になられていたなんて、お父様が知ったら、大喜びしたでしょうに」

だからだよ、と藤馬は急に真剣な表情になった。

「何より、父を喜ばせたくなかったんだ。父に利用されるであろうことは目に見えていたし、それはまっぴらだった」

兄を道具のように考えていた父の姿が過《よぎ》り、菖蒲は何も言えなくなって口をつぐむ。

するとと藤馬は、ごめん、と微笑《ほほえ》んで、菖蒲の肩を抱き寄せた。

「順を追ってちゃんと話すよ。家を出たあと、島に行っていたんだ」

思いもしないことであり、島に？　と菖蒲は訊《き》き返す。

「そう。かつて、梅咲規貴《うめさきのりたか》が流された島だよ」

「まぁ、離島に行かれていたんですね」

父の側近たちが捜しても、そう簡単には見付からなかったはずだ。

「当時の僕は何もかもに絶望していてね。何より、自分は生きる価値がない人間だと思い込んでいた。だから梅咲家縁《ゆかり》の島で、命を断とうと思っていたんだ」

そんな、と菖蒲は顔色を変える。

「馬鹿《ばか》だったと思うよ。だけど島に行って考えが変わったんだ。その島の住民たちは、何者かも分からない僕にとても親切にしてくれた。最初は何か裏があるのだろうか、僕の身なりを見て、お金持ちだと予想し、親切にしているのだろうか、なんて訝《いぶか》ったんだけど、そうではなかったんだ。そこに住む人々は、『困っている人がいたなら、手を差し伸べるのが当たり前』だと言ったんだ。随分《ずいぶん》、お人好しな島民たちだと思ったよ。きっと感謝されたいのだろうな、と。だけど、島民たちは、金品も要求せず、感謝の言葉を待っているわけでもなかった。不思議に思って聞いてみたんだ。どうして、そんなふうにできるのですか、とね」

菖蒲は何も言わず、相槌《あいづち》をうつ。

「島民たちは揃《そろ》ってこう言うんだ。『あなたのためにやっているわけではない』『自分のためにやっている』と。どういうことかと突っ込んで聞いてみると、『功徳《くどく》だ』と言うんだよ」

功徳――それは、善行を施《ほどこ》すことで、自分の徳を積むというもの。

「都から遥《はる》か離れた離島で、人々がそのような言葉を自然に使い、それを実践していることに僕は驚いた。そのようなことを誰から学んだのか問うと、彼らはこう言ったんだ。『この島に残っている思想はすべて梅咲先生の教えです』と――」

菖蒲は大きく目を見開いた。

「梅咲規貴が……」

かつて、危険な思想家だと都を追われ、島に流された自分たちの先祖だ。その彼は、離島に行ったあとも、変わらず人々に教えを説《と》いていたのだ。

目頭が熱くなって、菖蒲は口に手を当てた。

「島には、梅咲規貴の墓もあったよ。今も規貴は島民に慕《した》われていた」

と、藤馬は遠くを見るような目で言う。

「僕はずっと、梅咲家の名誉を地に落とした先祖――梅咲規貴を恨んでいた。幕府が言っていたように、彼は危険思想の持ち主だったと疑いもしなかった」

でも、と藤馬は息をつく。

「島民たちの話を聞いていて、僕は疑問を覚えたんだ。『梅咲規貴は本当に大悪党だったのだろうか?』と。僕は梅咲規貴が説いていた『烏傳教《からすづたえのおしえ》』について調べてみようと思った。島には彼の書いたものがちゃんと保管されていたしね」

兄はそれまで禁忌《きんき》のように思っていた自分の先祖・梅咲規貴と、はじめて向き合う決意を固めたという。

梅咲規貴の『烏傳教』は、元々賀茂《かも》家に伝わる教えが基となっている。

そこに、梅咲規貴が精通していた天文学や暦学《れきがく》を交えた独自の解釈を加え、分かりやすく説いたものだ。

そこまでは菖蒲も知っていたが、そこからさらに踏み込んだことは知らなかったし、知ろうとするのは許されない空気が梅咲家には流れていた。

「『烏傳神道《うでんしんとう》』は賀茂家に伝わる教えと、古事記と日本書紀、この二つの神典の解釈から始まるんだ――」

日本に伝わる八百万《やおよろず》の神々をすべて、『自然』に当てはめて考えたという。

まずは、日本神話で最初に登場するイザナギ（夫）とイザナミ（妻）。

男神・イザナギは『陽』、女神・イザナミは『陰』に対応し、他の神々も二十四節気七十二候――と、地上の気候の変化に対応していると考えた。

地球が太陽の周りを回る周期は、三六五・二四二二日。

この周期を正確に繰り返していく。こうした宇宙の動きが、様々な草木と生きとし生けるものを育《はぐく》み、輪廻《りんね》を作り出す。

「この、精妙な変化こそ、八百万の意思だと、説かれていたんだ」

兄の説明を聞きながら、菖蒲は腑《ふ》に落ちずに、思わず首を傾《かたむ》ける。

「……それがどうして、危険思想になるんでしょう?」

毎年、正確な周期で一年が過ぎ、季節が巡り、生命が育まれる。そこに八百万の神々の意思があるというのは、至極当たり前のことしか言っていないのではないか。

「ここからが、問題なんだ。このことから規貴はこう言っている」

と、藤馬は話を続ける。

『人は食べたもので、心身が作られる』と、規貴は言っているという。

たとえば、肉をたくさん食べたら攻撃的になるし、植物を多く摂《と》っていたならば、穏やかになる。もし、双子がいて、それぞれにまったく違うものを食べさせていたら、違う人物へと成長していくだろうと。

「……良いものを食べろ、悪いものを口にするなという話ではなくてね、つまり人も『摂取《せっしゅ》したもので、作られる』。すなわち、『人も自然の一部』なのだと」

菖蒲は、まだ言っていることがピンと来ないまま、黙って相槌をうつ。

「菖蒲、自然に優劣があると思うかい？」

「自然に優劣と言いますと？」

「梅と桜、牡丹《ぼたん》に菜の花、海と山――もちろん、人にはそれぞれ、好みはあるだろう。だけど、神々がそこに優劣をつけたと思うかな？」

「まさか。すべてが素晴らしく、優劣なんてありません」

そうだよね、と藤馬は満足そうに首を縦に振る。

「規貴は、『人も自然の一部なのだから、老若男女、貴賤《きせん》問わず、人に差は何もない。公家《くげ》も平民も同じ、平等である』と説いたんだ」

ごくり、と菖蒲の喉が鳴った。

当時、梅咲規貴は、賀茂家に続く高い身分の学者だった。

そんな彼が、『人に上下も優劣もない。皆は平等である』と説いたとなれば、多くの心をつかんだだろう。実際、信者は千人を超えていたというのだ。

しかし、貴族にしてみれば、疎《うと》ましい存在だったのも想像に難《かた》くない。

ようやく菖蒲は納得がいって、沈痛の面持ちを見せる。

「それで、規貴は、幕府に目をつけられたのですね……」

「――決定的だったのは、規貴の『神子』についての見解だったんだ」

「見解というと？」

「『人に優劣はない』と確信を得た規貴は、人は誰でも『神子』の素質を持っているのではないか、と考えるようになったそうだ。能力も五感と同様、多くの人が、『最初から持っているもの』ではないかと」

今、『神子』は、『高貴な血』の証《あかし》とされている。

庶民から能力者が出た場合は、かつて先祖に高貴な者がいて、隔世遺伝《かくせい》として現われたものだとされ、今の世に能力が発現したのは、『神の意思』だと信じられている。

規貴の『最初から皆が能力を持っている』という考えは、これまで信じられてきたすべてが覆《くつがえ》されることになるのだ。

「規貴が流刑《るけい》になったのは、それを証明しようとしていた矢先だったそうだ」

「まだ、証明していない状態で逮捕されたんですか？」

「桜小路《さくらこうじ》家の者が、間者《かんじや》となって規貴の懐《ふところ》に入っていたそうでね、すべて幕府に報告されていたんだ。そして規貴は『国家を揺るがす大悪人』ということになった」

『神子』は、特別な存在でなければ、都合が悪いと考える者が多く存在する。

規貴が捕らえられ、流された理由が腑に落ちた。

大悪人ではないが、実際、規貴は国家を揺るがそうとしていたのだ。

「そのことを知った僕は憤《いきどお》りを感じたよ。規貴は何一つ悪くはない。真理を説いていただけなのに、と。その時、僕の胸の内側から、まるで火のように熱い力が生まれたんだ。その力はみるみる僕の体を包んで、天へと立ち上った。それから、これまで見えなかったものが見えるようになった。未来に起こることも、ふとした時に、分かるようになったんだ」

兄は『怒り』が引き金となって、能力を発現した。

「晴れて能力者になった僕は、島の人たちに礼を言って、すぐに本土に戻った。会いたい人がいたんだ」

「会いたい人って……？」

自分や母ではなかったのだろうか、と菖蒲は確認する。

すると藤馬は、自嘲《じちょう》的な笑みを浮かべて、空を見上げた。

「想いを寄せていた人だよ。美しく凜《りん》とした百合《ゆり》の花のような人だった。でも、手遅れだった。彼女は、すでに親の決めた相手と結婚していたんだ」

菖蒲は何も言えなくなって、目を伏せる。

「本当はその後、実家へ帰るべきだっただろうけど、今の僕を見たら父は掌《てのひら》を返して歓迎するだろう。その姿も見たくなかった」

その気持ちは、菖蒲にも分かるような気がした。

「それで、賀茂家の『審神者』に相談をしたら、名を隠して家に入れてくれることになった。そこで修行をして、僕は『審神者』になったんだ」

『審神者』は、『白虎《びゃっこ》』と『青龍《せいりゅう》』の力を併せ持ち、なおかつさらなる力を持つ者がなるという。

兄には、やはり素質があったのだろう、と菖蒲は感心しながら話を聞いていた。

「『審神者』として働きながら、桜小路家が不審な動きをしているのを感じていた。菖蒲が桜小路家に嫁ぐ前になんとしても実態を暴かなくては、と思っていたんだ。だけど、父さんも妙に勘がいいのか一年も早く菖蒲を桜小路家に入れたものだから、本当に焦ったよ。菖蒲のことは桂子《けいこ》さんに任せていたとはいえ、心配だった」

えっ、と菖蒲は訊き返す。

「桂子さんに任せていたとは？」

「彼女を遣わしたのは、僕なんだ。僕が家を出る直前のことだけどね」

思えば、桂子が梅咲家にやってきたのは、藤馬が出て、すぐのことだ。

兄がいなくなり、寂しい気持ちを埋めてくれたのは、彼女だった。

「これから菖蒲にも僕たちの仕事を手伝ってほしいんだ。君もあの火事がきっかけで能力を発現させたそうじゃないか」

「わたしがですか？」

まるで身に覚えのないことだった。

そんな菖蒲を見て、藤馬は顔を覗《のぞ》き込む。

「もしかして、覚えていないのかい？」

あの火事の時、屋敷で立夏《りっか》の姿を見付けたところまでは、覚えている。

だが、それからの記憶がない。自分はてっきり、意識を失ったのだと思っていた。

おそらく、立夏にまた迷惑をかけたのだろうと……。

「もしかして、わたしは、立夏様をお助けすることができたのですか？」

菖蒲は、前のめりになって訊《たず》ねる。

藤馬がぎこちなくうなずくと、菖蒲は頰《ほお》を赤らめた。

「そうだったのですね。良かった……」

最後の最後まで、立夏に迷惑を掛けたと思い込んでいたのだ。

無意識の出来事とはいえ、彼を救うことができたと知り、菖蒲の胸が熱くなる。

すると藤馬は、不愉快そうに片目を細めた。

「なぜ、あんな男のことをそこまで想うのか分からないな」

桂子から色々と報告を受けているのだろう。

それについては、何も答えることができず、菖蒲は身を縮めた。

桂子や兄が、彼を評価できないのは分かる。

だが、彼が自分に冷たくしていたのは、愛しい人を護《まも》るためだったのだ。

彼は、身分などで人を判断しない人物だ。

なおかつ、自分が間違っていたと思った時は、頭を下げられる誠実な人だった。

——わたくしは、自分が思っていた以上に、素敵な人に恋をしていたのだ。

彼と彼女は、計画通り桜小路家を出て、幸せに暮らし始めているのだろう。

あの別邸で過ごしていたように、甘い時を共にしているのかもしれない。

そう思った瞬間、ちくりと胸が痛くなる。

やはり、まだまだ自分は、彼に心を残しているようだ。

この想いは、時間がたてば風化するのだろうか？

菖蒲が小さく息をついていると、藤馬が優しく頭を撫《な》でた。

「君の能力もすぐに開花するだろう。菖蒲はきっと窮地《きゅうち》に追い込まれたなら、能力が発現するに違いないと思っていたんだ。だから僕は、君の箏《こと》に……」

そこまで言って、藤馬は口を閉ざす。

等？　と菖蒲が訊き返したのを遮《さえぎ》って、話を続けた。

「それはともかく、菖蒲はきっと『斎王《さいおう》』となる」

強く特別な『麒麟《きりん》』の力を持つ者は、『斎王』になると言われている。

「わたしくしが、『斎王』に？」

夢にも思わない大それたことに、思わず菖蒲の声が上ずった。

「君を抱き上げた時、『麒麟』の力を感じたんだ」

「まさか、そんなご冗談を……」

「冗談なんかじゃないよ。君は、梅咲家の宝だ。あらためて君が無事で良かった。嫁入りを待たずに、桜小路家の男に汚されてしまったら、と心配していたんだ」

藤馬は、菖蒲の頰に手を触れ、ゆっくりと抱き締めてきた。

「お兄様……」

抱き締める腕の力が強く、菖蒲は戸惑《とまど》いながら、兄を見上げる。

ごめん、と藤馬は腕を解《と》く。

「これから一緒にがんばろう」

はい、と菖蒲ははにかむ。

「僕が『審神者』、君が『斎王』になったら、僕たちに意見できる者は誰もいなくなるね。そうしたら父を引退させて、僕たちで新たな梅咲家を盛り立てていこう」

相槌をうっていると、その後に続けられた言葉に、菖蒲は絶句した。

「そして、あのおぞましい桜小路家を徹底的に潰し、梅咲家が頂点に立つんだ」

2

没落寸前だった桜小路邸の夏の炎上は、今後の世相を暗示していたのかもしれない。

約八か月後の大正九年（一九二〇年）三月。

株価暴落により、経済はたちまち崩壊した。

第一次大戦の戦争景気による高インフレで、『金が余って仕方がない』と高笑いをしていた成金たちの中には、一夜にしてすべてを失った者も多かった。それは、梅咲家も例外ではなく、大きな損害を出した。

世の中が絶望に落ち込んでいた、その年の秋。

現状を打破するような明るい号外が出回った。

『この混乱の世に救世主誕生か？

梅咲家のご令嬢・菖蒲様が「斎王」候補に！』

それは、希望を感じさせるニュースであり、通りゆく人々は奪うように号外を手に取ったという。記事には、こう書かれていた。

『四神《しじん》の力を持って生まれても、成長と共にその力が薄れてしまう者は多い。そのため、『神子』の認定を受けるには、かつての元服の年齢（十三）を過ぎるまで四神の力を保持できていて、なおかつ「審神者」からのお墨付きをもらわなくてはならない。「神子」となった者はその力を使って危機を回避し、国の繁栄に尽力する。我が国の繁栄は「神子」あってのことだといっても過言ではない。だが、「神子」は年々減少の一途《いっと》を辿《たど》っていた。「神子」よりもさらに強い力を持つ「審神者」となると数えるほどしかいないという話だ。さらにそんな「審神者」が仕えるとされている「斎王」は、過去二十年間、認定を受けた者はおらず、その席は、長い間不在だった。

　不吉な出来事の前触れではないかと懸念《けねん》する意見もあったが、好景気が訪れたことでそんな声はかき消されていた。しかし状況は一転。株価の暴落により、多くの者が天国から地獄へと突き落とされた。そんな時、賀茂家から「斎王候補者が現われた」と発表があった。今回のニュースは間違いなく世に明るさをもたらす吉報といえるだろう。梅咲菖蒲様が、新斎王になることを期待したい――』

「――なかなか、良い記事じゃないか」

と、藤馬は号外を手にしながら、満足そうだ。

菖蒲と藤馬は、上賀茂《かみがも》神社参道内の『社家《しやけ》』と呼ばれる、神社縁《ゆかり》の神職が住む和風邸宅に身を寄せていた。

和室の居間だったが、異国の絨毯《じゆうたん》の上に欧州《おうしゆう》のソファを置き、まるで迎賓館《げいひんかん》の応接室のようなしつらえに変えている。

藤馬は一人掛けソファに腰を下ろし、号外を目にしていた。自身は『審神者』、妹は『斎王』候補となった今、何もかも思い通りとばかりに、満悦《まんえつ》の表情だ。

「お兄様、あの……」

菖蒲はためらいがちに部屋に顔を出す。

「ああ、菖蒲。号外はもう見たかい?」

その問いに菖蒲は、はにかんだだけで何も答えず、すぐに話を変えた。

「お父様とお母様が到着したようです」

そうか、と藤馬はすぐに立ち上がり、居間を出る。

菖蒲は、藤馬の後に続いた。

邸の外に出ると、黒い車が停まっていた。桂子をはじめとした使用人たちが、車の中から荷物を降ろしている。

車から、スーツ姿の父・梅咲耕造《こうぞう》と、和服を纏《まと》った母・香純《かすみ》が出てきた。

相変わらず母は色が白くほっそりしていて、強い風が吹いたら倒れそうな危うさを感じさせた。

「お母様！」

菖蒲は、母の許《もと》に駆け寄る。

「まあ、菖蒲。久しぶりね。しばらく見ないうちに大人になって」

母は嬉しそうに微笑み、菖蒲の頭を撫でる。父も上機嫌《じょうきげん》で、菖蒲の許に歩み寄った。

「いやはや、号外を知って驚いたよ。まさか菖蒲が『神子』になり、さらに『斎王』候補になったとは。息子が『審神者』で、娘が『斎王』候補とは、わたしも鼻が高い――」

と、父が、菖蒲の頭を撫でようとした時だ。

藤馬がその手首をつかんで、菖蒲に触れるのを阻止した。

父は戸惑ったように、藤馬を見る。

「藤馬……？」

「僕がこの家に呼んだのは、母上だけです。あなたのことは呼んでいない」

なっ、と父は目を見開く。

「あなたは僕に言ったでしょう？『おまえの顔は見たくない』と。僕も同じなんです。あなたの顔はもう見たくない。ここは僕の屋敷です。お引き取りいただけますか?」

父は絶句して、藤馬を見ている。母は弱ったように、目を泳がせていた。

すると、次の瞬間、藤馬はにこりと目を細める。

「失礼しました、冗談ですよ、父上」

冗談にしてはタチが悪すぎるが、緊張に張り詰めた空気は緩和《かんわ》された。

だが、それは一瞬だけのことだった。

「父上、これまで梅咲家のために尽力してくださって、本当にありがとうございます。これからのことは、この僕にすべてお任せください」

笑顔のままそう続けた藤馬に、父の顔がみるみる真っ赤になっていく。

「それは、『命令』か? 梅咲家の当主になったつもりか?」

「どう受け取ってもらっても良いですよ。今の僕は『審神者』です」

藤馬はすぐに眼差《まなざ》しを鋭《するど》くし、父の顔を覗き込む。

父は上体を反《そ》らし、言葉を詰まらせた。

「さあ、どうぞ、お疲れでしょう、お入りください。父上と母上には気兼ねなくお過ごしになれるよう、離れを用意しております」

と、藤馬は、邸の中に入るよう手を伸ばして促す。

父と母は戸惑ったようにしながら、邸の中へ入っていった。

その姿を、菖蒲は複雑な心境で眺めていた。

しばしその場で立ち尽くしていると、桂子がやってきて、菖蒲の傍《かたわ》らに寄り添った。

「菖蒲様……、藤馬様がこれから梅咲家の当主になるのは、当然のことですよ」

桂子は、藤馬をかばうように言う。

父は経済の破綻《はたん》でほとんどの会社を潰し、その後始末をしたのは、藤馬だった。

当主の代替えは、対外的に観ても自然なことだろう。

菖蒲が胸を痛めたのは、兄の中に今も根深く父への怒りが残っているのを目《ま》の当たりにしたためだ。

無理もないことだ。

菖蒲自身、大変だった藤馬の姿を見てきた。

父の過度な期待からの暴言や暴力は見ていられず、薄れゆく能力を保持し、さらに開花させるための修行は、ほとんど拷問《ごうもん》のようだったのだ。

自分だったら耐えられないと思ったほどで、藤馬の気持ちは分からないでもない。

だが、あんなふうに父に言うのは、釈然《しゃくぜん》としなかった。

菖蒲が何も言わずにいると、桂子が優しく肩を抱いた。

「そうそう、菖蒲様。あらためて、『斎王』候補、おめでとうございます」

菖蒲は、ありがとう、と弱ったように微笑む。

祝いの言葉を伝えられるたびに、ばつが悪いような心持ちになった。


――桜小路家を出たあと、菖蒲はすぐに『神子』の試験を受けることになった。

『見鬼《けんき》の試験』の際、『技能會《ぎのうえ》』で行われたように、曰《いわ》く付きの品々が自分の前に並べられた。

その時、菖蒲の目には何も見えなかった。

見えないが、なんとなく『嫌だな』と感じるものがあり、『これに鬼が憑《つ》いていると思います』と伝えた。

どんな鬼か問われた際には、なんとなく感じたことを伝えた。

『泣いている女性のように思います』と――。

菖蒲に『斎王』候補の話が上がったのは、菖蒲が放った『麒麟』の力が桜小路邸の一部を鎮火《ちんか》させたと、『審神者』が証言したためだ。

だが、菖蒲は、その時のことを覚えていなかった。鬼を目視できず、身に覚えのないことで『斎王』候補になったため、世の中の人々を騙《だま》しているような気がしていた。

「来月には、いよいよ『斎王』試験がございますね。晴れて斎王となった暁《あかつき》には来年春の葵祭《あおいまつり》の主役です。楽しみですね」

菖蒲は何も言えずに、曖昧《あいまい》に相槌をうった。

3

上賀茂の社家に移り住んだ菖蒲は、それから毎日のように藤馬から『斎王』認定を受けるための訓練を受けることとなった。

祝詞《のりと》や般若心経《はんにゃしんぎょう》、九字《くじ》、陀羅尼《だらに》と宗教や宗派などの垣根を越えて、鬼を祓《はら》うための詞《ことば》を覚えるよう指示を受け、菖蒲は懸命《けんめい》に本を開いて、暗唱し、書き写し、勉強を重ねた。

それが終わると、今度は霊視の訓練だ。様々な品が菖蒲の前に並べられ、そこにどんな念が入っているか視《み》ていくというもの。

今日は、色とりどりの美しい石が並べられていた。

水晶、紅水晶、翡翠《ひすい》、瑠璃《るり》が、それぞれ小さな座布団の上に載っている。

菖蒲は、品を前に、ジッと目を凝《こ》らすが、やはり何も視えはしない。

「……ごめんなさい、お兄様。やっぱりわたしには何も視えないのです」

そう言うと藤馬は、弱ったように眉を下げる。

「何度も言っているけど、目で見ようと思わなくていいんだよ」

と、藤馬は優しく諭《さと》すように言う。

父から苦しい修行を与えられ続けてきた藤馬は、菖蒲に対して同じことはしたくないと思っているようだ。

それでも、なんとしても『斎王』になってほしいという想いは抑えられないようで、口調こそ優しいが、必死な目は隠せてはいない。

その想いが菖蒲には重く、苦しかった。

毎日、神社に行っても、神の力を宿す石を身につけても、祝詞を覚えても、菖蒲は今も鬼を視ることができないのだ。

「心眼といってね、心の目で視るんだ。僕の場合は額の中心に力を込めることで、視えてくる。菖蒲もやってみようか。この品々にどんな念が憑いていると思う？」

そう問われて、菖蒲はもう一度、石の方を向き、額に力を込めた。

『どんな念が憑いていると思う？』

そう聞かれても分からない。

だが、石を前に頭の中で、勝手な想像の物語は作ることができる。

たとえば、可愛らしい紅水晶は、ある高貴な女性の宝物だったのではないか、翡翠は名のある僧が修行に出る際、御守として持ち歩いていたのではないか――と。

こんなのは、霊視でもなんでもない、ただの妄想だ。口にできるものではない。

「いえ、何も分かりません」

「そんなことはないだろう。何か頭に浮かんでいるはずだ」

「特別なことは何も……」

「特別じゃなくてもいいんだ。試験の時のように、ふと思い付いたことを言ってごらん」

「お兄様、わたし、やはり『神子』に選ばれたのは、何かの間違いではないかと思うのです。ましてそんなわたしが、『斎王』だなんて……」

そう言うと藤馬は、真剣な表情で菖蒲の手首をつかんだ。

「菖蒲、嘘をついてはいけないよ。菖蒲は分かっているはずなんだ。それなのにそれを隠している」

そんなこと……と菖蒲は目を泳がせる。

「もしかして、『斎王』になるのが怖いのかい？　怖いことなんて何もない。とても名誉なことなんだ」

「分かっております……」

「さあ、もう一度、視てご覧」

と、藤馬は、菖蒲の双肩《そうけん》をつかむ。

菖蒲は体を小刻みに震わせながら、石を見て、額に力を込めた。

ちゃんと視なくてはならない。

期待に応えなければ……と焦るほど、体が強張《こわば》る。

「ごめんなさい、視えないし、分からないのです。わたくしがそもそも『神子』認定を受けたのは、『審神者』であるお兄様の妹だからではないのでしょうか?」

と、菖蒲は顔を手で覆《おお》う。

藤馬は大きく目を見開き、その後に笑った。

「なんだ、そんなことを気にしていたのか。親族だからって、忖度《そんたく》で認定するようなことは決してない。安心するといいよ。君はちゃんと『審神者』に『神子』と認定を受けたのだから、もっと自信を持ってほしい」

そう言われても菖蒲の心の靄《もや》は晴れず、自信など持てそうになかった。

藤馬は壁掛け時計に目を向けて、腰を上げた。

「そろそろ、仕事に行かなくては。菖蒲も今日はもう休んでいいよ」

「仕事?」

「ああ、僕はしばらく『審神者』の仕事で、『椿邸』に詰めているから、何かあったら、カラスに手紙を届けさせてほしい」

はい、と菖蒲はうなずいて、顔を上げる。

「桂子さんは、まだお戻りにならないのですか？」

桂子は、藤馬の片腕として、共に『椿邸』で働いている。

「ちょっと調べることがあってね。僕のために色々と動いてもらっているんだけど、もう少しで戻ると思うよ」

その言葉に菖蒲はホッとして、笑みを浮かべた。

4

桜小路邸が焼け落ちたあと、桜小路家の面々は嵐山《あらしやま》の別邸へと移り住んでいた。

とはいえ、そこには喜一《きいち》と撫子《なでしこ》、一部の使用人しかいない。

立夏は行方知れずであり、慶二《けいじ》と蓉子《ようこ》は別の場所で療養していて、菊枝《きくえ》は実家へ戻っていた。家に残った使用人は八重《やえ》と喜一の側近だけ。

八重の娘の千花は、喜一のツテで小金持ちと見合いをし、結婚したという。

撫子はというと、いつも喜一の機嫌が悪いことが不愉快でならなかった。

とはいえ、喜一の気持ちも理解できた。

梅咲家との縁談は、破談。株価暴落で、さらに家計は傾いている。

加えて、神戸から連れ戻した父のことで、今も手を焼いているのだろう。

好色で浪費癖が強く、商才もないのに手を広げたがる父に、喜一はいつも頭を悩ませていた。

そんな父が、あらぬものに夢中になったのは、貿易の仕事で神戸によく行くようになってからだ。

喜一は、そんな父を表には出せないと、神戸の別邸に幽閉《ゆうへい》した。

だが、撫子は、父をあのようにしたのは、兄の仕業ではないか、と睨《にら》んでいた。

父の動きを封じ込め、自らが当主代理となり、采配《さいはい》を振るうことで傾きつつあった桜小路家は立て直されつつあったのだ。

それが、あの火事の日にすべてが、一変してしまった。

「まったく、嫌になっちゃうわね」

撫子はベッドに大の字になって、横たわる。

窓の外から車のエンジン音が聞こえてきた。

誰か来たのだろうか？

その時、ドアをノックする音がしたあと、八重の声がした。

「お嬢様、喜一様が、客人が来られたので挨拶《あいさつ》をするようにと仰っています」

「客って？」

体を起こして窓の外に目を向けると、屋敷の前に黒い車が停まっているのが見える。

その前で、喜一と梅咲耕造が握手をしている姿が目に入った。

「あら、なんて珍しいお客様」

撫子は、面白そう、と口角を上げて、部屋を出た。


「こんにちは、御機嫌よう、梅咲のおじさま」

撫子が準備を整えて一階に降りる頃、既に喜一と耕造は応接室で談笑していた。

まだ陽も高い時間だというのに、洋酒のグラスを傾けている。

「おお、末の妹さんか。相変わらず、お美しい」

耕造はもう酒が回っているのか、頰を紅潮《こうちょう》させて言う。

ありがとうございます、と撫子は、喜一の隣に腰を下ろす。

すぐに八重が、撫子の前に紅茶を置いた。

「菖蒲さんが『神子』となり、さらに『斎王』候補になられたとか。おめでとうございます」

撫子がそう告げると、耕造は、ありがとう、と微笑み、大きく息を吐き出す。

「どうかされたんですか？」

と、喜一が心配そうに訊ねる。

親身になっているように見せかけて、何か面白い話が聞けるのではないか、という期待が含まれていることに撫子は気付いていた。

「息子の藤馬に当主を取って代わられましてね。今やすっかり、上賀茂の社家で隠居生活ですよ」

「そうでしたか。うちなんかにきて、よろしかったのですか？」

「今日は、藤馬が留守にしたので、その隙《すき》をついて」

それはそれは、と喜一は愉《たの》しげに笑う。

「それで、あなたはどうされるのですか？」

「どうすることもできませんね。息子は今や『審神者』で菖蒲に至っては『斎王』候補だ。わたしを退けて自分たちで梅咲家を盛り立てていくつもりなんでしょう」

はぁ、と耕造は額に手を当て、やりきれないように囁《ささや》く。

「これまで、わたしは、父や祖父の意思を継ぎ、梅咲家を立て直そうと必死でやってきたというのに……」

そこまで言い、耕造は自嘲気味に笑う。

そうですか、と喜一は相槌をうち、前のめりになる。

「――もし良かったら、ご協力いたしましょうか」

と、喜一が囁く。耕造は驚いた様子だ。

「協力とは？」

「ええ、あなたが再び、梅咲家の当主になれるよう、お手伝いを」

「それは、どうやって？」

「菖蒲さんですよ。彼女を手中に収めるのです」

と、喜一が続ける。

うん？　と耕造は眉間《みけん》に皺《しわ》を寄せた。

「彼女が『斎王』になったならば、『審神者』よりも立場は上です。彼女があなたの側についてくれたら、形勢は逆転するのではないでしょうか？　それに、これから新たな商売をするのに、斎王という大きな看板は色々と役立つものです」

たしかに、と耕造は腕を組む。

「だが、あの子は、藤馬を慕っている。わたしの許へはこないだろう」

「あなたそのものではなく、あなたの息がかかった者が菖蒲さんを手に入れたなら、あなたが手に入れたも同然でしょう」

その言葉を聞き、耕造は小首を傾《かし》げる。

「わたしの息がかかった者とは？」

「立夏お兄様を使おうとしているのよね」

と、撫子が答えると、耕造は苦笑した。

「立夏君か。たしかに、菖蒲は今も彼に想いを残していそうだが、彼はわたしの手駒《てごま》にはならないだろうよ」

「立夏には、自分が手駒になっていると分からないように動かせばいいのです」

喜一の言葉を受けて、耕造は、ふむ、と腕を組んだ。

「それで、立夏君は今どこに？」

「行方知れずなんですが、我々から逃げ隠れているわけではないですし、捜せばすぐに見付かると思います」

お兄様、と撫子が挙手をした。

「立夏お兄様を捜すお役目、私にさせてくれないかしら」

「そうだな。撫子に動いてもらう方が、立夏も警戒しないだろう」

でしょう？　と撫子はうなずき、耕造の方を向いた。

「おじさま、私、菖蒲さんと直接二人きりでお会いして、お話をしたいのですけど、できますかしら？　今も立夏お兄様に気持ちがあるのか、確かめたくて」

「ああ、藤馬は今日からしばらく『椿邸』に詰めると言っていたから、会いに行っても大丈夫だろう。だがその際には、偽名を使ってもらいたい」

はい、と撫子は微笑み、立ち上がる。

「それじゃあ、善は急げですから、私、これから上賀茂へ向かいますわね」

頼んだよ、という兄の声を背中に受けながら、撫子は応接室を出る。

「これから出かける準備をするから、運転手に車を出すよう、伝えてちょうだい」

撫子は八重に向かって声を上げたあと、さて、どうしたものか、と腕を組んだ。

窓の外は、紅葉《もみじ》が朱《あか》く色付き始めている。

気が付くと梅も桜も藤の季節も終わっていた。

もし、花が戦ったならば、最後に勝つのは、どの花なのか。

「とりあえず、立夏お兄様を見つけてもらわないと……」

撫子は静かに呟いて、外に出た。

第八章　交錯する思惑《おもわく》

1

最近、妹・菖蒲《あやめ》は、浮かない顔ばかりしている。

心が晴れないのは、藤馬《とうま》も同じだった。

菖蒲は、間違いなく斎王《さいおう》の器だ。それは、他の『審神者《さにわ》』も認めている。だが、当人が『自分は力がない。まがいものだ』と信じ込んでいる以上、その力は埋もれたままになってしまう。

「まったく、どうしたものか……」

『椿邸《つばきてい》』の書斎で、藤馬が大きなため息をついた時、桂子《けいこ》がコーヒーを机の上に置いた。

「ああ、ありがとう」

「悩まれておりますね。桜小路《さくらこうじ》家のことでしょうか？」

と、桂子は心配そうに問う。

株価暴落により、梅咲《うめさき》家をはじめ、多くの者が財産を失った。その一方で特に煽《あお》りを受けなかった財閥《ざいばつ》も存在している。

元々没落しかかっていた桜小路家も株価暴落前後で特に変化はなかったのだが、『自分たちも恐慌《きょうこう》の煽りを受けてしまった』という体を取り、財閥に取り入って、家の立て直しを求めていた。

それは、藤馬にとって目に余りはしたが、たいした問題ではない。今の自分は『審神者』。菖蒲は『神子《みこ》』だ。この地位は富を呼び寄せる。

調子に乗らせておいて、期待をさせておいて、財閥には援助をしないよう通達するつもりだ。

それは、決して間違いではない。

あの家は、口八丁なだけで、何も生まないのだ。

「桜小路家もそうなんだが、今は菖蒲のことだね」

「菖蒲様のことでしたか」

と、桂子は頬《ほお》を緩《ゆる》ませた。

「笑いごとではないんだよ。どんなに諭《さと》して言い聞かせて、褒《ほ》めて肯定しても菖蒲は自分の力を認めようとはしない。そもそも、特別な力は内側にあるから、『心』が先にあってのことなんだ。このままではないのと同じだ」

「つまり、菖蒲様が『自分は特別』だと認められれば良いのですね？」

「まぁ、そういうことだ」

「それができるのは、おそらく立夏《りつか》様ではないでしょうか？」

その言葉に、藤馬はたちまち表情を曇らせる。

「あの男の愚行《ぐこう》を逐一報告してきた張本人が、そんなことを？」

「ええ、その分、ただひたすらに、彼を想う菖蒲様の姿を目《ま》の当たりにしてきましたので……ですが、まぁ、立夏様はあの使用人と幸せにしているでしょうし、私もこれ以上、菖蒲様に傷付いてほしくないです。新しい恋をしてもらえれば、それが一番なのではと」

ふむ、と藤馬は顎《あご》に手をあてて、相槌《あいづち》をうつ。

「そういえば、あの子の夢は『お嫁さん』だったんだ。桜小路の三男坊よりも素敵な人を見付けるというのもあり得る話かもしれないな」

「『神子』や『斎王』は、ご結婚できるのでしょうか？」

「もちろんできる」

「そうだったのですね。てっきり、『斎王』は未婚かと」

「元々『斎王』は未婚が絶対条件だったが、今は違うんだ。明治初期、母親になったのをきっかけに『麒麟《きりん》』の力を発現した方がいてね。能力さえあれば未婚にこだわる必要はないということになったんだよ」

「それでは、時々話に聞く、女性は結婚することによって特別な力を失くすというのは、あくまで噂ということでしょうか？」

男女の交わりによって、特別な力を失くすという話はあった。

「私は、蓉子《ようこ》様は、そういう方だったのではないかと思っていたのですが……」

そう続けた桂子に、藤馬は黙り込む。

一拍置いてから、その問いに答えた。

「それは人それぞれのようだね。噂通り結婚や出産を経験し、力を失くす女性もいるようだし、先ほど伝えたようにその逆も然《しか》り。中には噂を信じて、力を失くしたくないと、頑《かたく》なに未婚を貫《つらぬ》いた方もいたけれど、加齢と共に失くしてしまう人いるようだし、まさに『神のみぞ知る』というところだろうな」

それはさておき、と藤馬は話を戻す。

「菖蒲に新たな出会いを与えるのは、良いかもしれないな」

「ですが、今の菖蒲様にお見合いを勧めるのは、おすすめできません。心を閉ざしてしまうのではないしょうか」

「そうか、それでは、『お見合い』というかたちは取らない方が良いかな」

どうしたものか、と藤馬は腕を組んだ。

そんな藤馬を前に、桂子は、やれやれ、と肩を下げた。

「婚約者候補も良いですが、菖蒲様をお護《まも》りする者の手配をお願いしたいです。菖蒲様が本当に『斎王』になったら、その身を狙ってくる者も多くなるでしょう」

「それもそうだね……」

藤馬は考え込むようにし、そうだ、と手を打った。

「護衛を募《つの》ることにしよう。そして、菖蒲に選ばせるんだ」

「募るなんて、どんな輩《やから》が来るか……」

「だから、能力を持っている者にするんだ。そうだな、四神《しじん》の力――『白虎《びゃっこ》』『青龍《せいりゅう》』『玄武《げんぶ》』『朱雀《すざく》』の力を持つことを条件にしよう」

「『玄武』と『朱雀』もですか？」

「ああ、『玄武』は優秀であり、『朱雀』は魅力的な者が多い」

そうと決まれば、と藤馬は紙と筆を手にした。

2

菖蒲は社家《しやけ》の縁側でお茶を飲みながら、中庭を眺《なが》めていた。

木々が色付き始めているのを見て、しみじみとつぶやく。

「もう、秋なんだ……」

桜小路邸は焼け落ちたが、庭は無事だったはずだ。

桜が綺麗だったあの庭は、秋もきっと美しいに違いない。

そういえば、初めて彼を見たのも、秋の茶会だった。

静かに茶を点《た》てる立夏の姿が、頭を過《よぎ》る。

十六になれば、彼の許《もと》へお嫁に行けると信じてきた。

気が付くと、自分はもう十六になっている。

立夏のことを想うたび、今もギュッと胸が詰まるのだ。

彼は今頃、愛する人と幸せに過ごしているというのに……。

「本当に未練たらしい」

菖蒲は振り払うように、頭を横に振る。

しばし、ぼんやりしていると、母がそっと縁側に顔を出した。

「お母様、お加減はどうですか？」

「今日は調子がいいのよ」

病弱で、寝てばかりいた母だったが、こっちに来てから調子は良さそうだ。家族が揃って嬉しいのだろう。だが、これから京都は寒い冬を迎えるため、その前に母の療養先を暖かいところにしようと、兄は考えているようだ。

それより、と母は少し嬉しそうに言う。

「菖蒲、あなたにお客様が訪ねていらっしゃったわよ」

「わたしに？」

「なんでも女学校時代のお友達だそうで、一条弥生《いちじょうやよい》さんという方」

一条弥生という名の人物に心当たりがなく、菖蒲は小首を傾《かし》げる。

「まるでお人形さんのようにとっても可愛らしい女の子よ」

その一言で、誰が訪ねてきたのか、すぐに分かった。

菖蒲は嬉しさから、弾《はじ》かれたように立ち上がる。

玄関へと向かうと、モダンな着物に身を包んだ美少女・撫子《なでしこ》がいたずらっぽい笑みを浮かべていた。

「御機嫌《ごきげん》よう、菖蒲さん。弥生です」

あえての偽名であるのを承知し、菖蒲はお辞儀《じぎ》をする。

「ようこそいらっしゃいました。またお会いできて嬉しいです」

二人は顔を見合わせて、ふふっと笑い合う。

「ねえ、菖蒲さん、せっかくここまで来たんですから、上賀茂《かみがも》神社に行きません？

ゆっくりお話ししましょう」

「ええ、ぜひ」

菖蒲は弾《はず》んだ足取りで社家を出た。

＊

二人は上賀茂神社への参拝を終え、境内側《けいだい》にある茶屋で甘味を食べようと、店先の長椅子に腰を下ろした。

みたらし団子とぜんざいとお茶が二人の許に置かれる。

「本当にお久しぶりですね。訪ねてきてくださって、嬉しいです」

彼女と共に歩きながら少しの緊張を感じていた菖蒲は、ようやく腰を落ち着けたことで、あらためてそう言う。

「嫌だ、それ何回言うの？　でも、私も嬉しいわ」

撫子はにこりと口角を上げる。

こうして会うのは、随分と久しぶりだろうか？

相変わらず強い目力と、ふたつに結んだ黒髪が印象的な美少女だ。

横顔は、立夏とよく似ている。

「撫子さんと呼んで良いのよね？」

確認するように問うと、撫子は笑った。

「ええ、別の名前を名乗ったのは、家の方に知られたらまずいかと思って」

「やっぱりそうだったのね。それで、一条弥生さんというのは？」

「私のお母様の本名よ。知っている人はほとんどいないから問題ないわ」

そうだったの、と菖蒲は相槌をうつ。

「菖蒲さんが、お元気そうで良かった」

「撫子さんこそ」

その後、二人は当たり障《さわ》りのない近況報告をした。

菖蒲は今、父母と兄と共に社家にいること、『神子』はおろか、『斎王』候補になり、戸惑《とまど》っていることなどを話して聞かせた。

「そう、菖蒲さんも色々あったのね……」

撫子は空を仰いで、遠くを見るような目を見せて、話を続けた。

「桜小路家は、没落一歩手前、首の皮一枚でつながっている感じかしら」

菖蒲は何も言えずに、黙って相槌をうつ。

桜小路家が全焼した後、一家離散状態となったと聞いていた。

だが、詳しいことは分からない。色々聞きたいことはあれど、どこまで聞いて良いのか分からなかった。

「それで……桜小路家の皆さんは？」

言葉を選びつつぎこちなく訊《たず》ねると、撫子は肩をすくめた。

「喜一《きいち》お兄様は相変わらずね。慶二《けいじ》お兄様は、今菊枝《きくえ》さんの家にいるわ」

「ご結婚なさったのですか？」

「そうではないの。慶二お兄様、火事のあと、ちょっと一時的に錯乱《さくらん》状態になってしまって、病院に入っていたのよ。そこを菊枝さんが、『慶二さんの面倒はわたくしが見ます』って、引き取っちゃったのよね」

菊枝は本当に慶二を愛していたのだろう。

嫌味ばかり言われてきたが、それも自分の恋を護るためだったのではないかと思えば、共感もできる。

「ねぇ、菖蒲さんは、火事の原因をご存知？」

「たしか、寝室にランプが落ちた事故だと」

新聞にはそのように書かれていた。

「対外的にはそうしているけど、本当は事故ではないの。蓉子《ようこ》さんが火を放ったのよ」

えっ、と菖蒲は訊《き》き返す。

「あの夜ね、喜一お兄様は愛人を蓉子さんの寝室に連れ込んでいたそうで……」

その言葉を聞き、菖蒲は絶句した。

「蓉子さんも、笑顔の裏でずっと苦しんでいたのね。あそこは本当に伏魔殿《ふくまでん》よね」

撫子はやりきれないように、目を細めた。

「蓉子さんは、助かったのですよね？」

「ええ、助かったわ。本当なら放火の罪で逮捕なんだろうけど、咎《とが》めはなかったの。だから、対外的に隠すことができたのだけど……」

「どうして、咎めが？」

「蓉子さんは今、療養施設にいるわ。正気を失ったままだそうで……これはまだ公《おおやけ》にはなっていないのだけど、お兄様とは離縁されたの」

衝撃的な事実に、菖蒲は言葉を失くした。

「そうそう、使用人たちも散り散りになってね、ほとんどいなくなったわ。残っているのは、運転手と八重さんくらい」

「そ、そう」

一度に聞かされた事実の数々に、菖蒲は動揺を隠せずにいた。

そんな中、一番聞きたいことがどうしても聞けずに、奥歯を噛《か》みしめる。

――立夏様は、どうなってしまったのだろう？

「末のお兄様のことを聞かないのね」

撫子にすべてを察したような目を向けられ、菖蒲は居たたまれない気持ちになって俯《うつむ》いた。

「あの火事の後は、どこかへ？」

「ああ、そこからなのね」

と、撫子は小さく笑って、話を続ける。

「ええ、火事の後、立夏お兄様はいなくなられてしまったわ。そもそも立夏お兄様は、家を出るおつもりでいたみたいなのよね。私たちも特に探してはいないし、どうしているかは分からなくて」

菖蒲は力が抜けたような気持ちで、そう、と洩《も》らした。

とりあえず、元気にしているのだろうという安堵《あんど》と、行方が分からないという不安。

「ねぇ、もしかして、菖蒲さんはまだお兄様のことを？」

少し身を乗り出した撫子に、菖蒲は目をそらした。

「あ、いえ、そんな。なんていうか……終わった恋です」

そう言いながらも、手が小刻みに震えてしまい、誤魔化《ごまか》すように握り締めた。

その様子を見て、撫子は口角を上げ、話題を変えた。

「それにしても、菖蒲さんが『斎王』候補だなんて、こうしていても信じられない」

わたしもです、と菖蒲は自嘲《じちょう》気味に笑う。

「きっと試験には落ちて認定されないと思います。そうしたらわたし、出版社で働きたいと思っていまして」

「どうして、出版社？」

「あっ、ええと、誤解しないで聞いてほしいのですが……」

と、菖蒲がその理由を小声で伝えると、撫子は嬉しそうに目を細める。

「ああ、良かった。やっぱり、菖蒲さんは変わらないわね」

「えっ？」

「なんでもないわ。いいわね。私ももっと勉強して職業婦人を目指すのも良いかもしれないわね」

撫子の言葉が意外であり、菖蒲はぱちりと目を瞬《またた》かせた。

「あら、菖蒲さん、どうしてそんな顔を？」

「……わたし、撫子さんはてっきり、お勉強も職業婦人にも興味がないと思っていました」

そうね、と撫子は空を仰ぐ。

「興味のない振りをしていたわ。喜一お兄様が『女に学問は必要ない』って人だから、勉強したいと言うと不機嫌になっていたし。だから、菖蒲さんが『玄武』の力を持つ優秀な方だったら、こっそり勉強を教わりたいと思ったりしたのよ」

そういえば、初めて会った時、撫子はそのような素振りを見せていたのだ。

「昔、立夏お兄様が言っていたのよ」

不意に立夏の名が出て、菖蒲の心音が強くなる。

「……立夏様がなんて？」

「立夏お兄様は、『朱雀』に認定された後も、学問にピアノ、三味線に横笛、書道に茶道に華道と、あらゆる勉強をそれは熱心にしていたの。『どうして、そんなに一生懸命《けんめい》なのですか？』って聞いたら、『可愛がられている撫子とは違って、僕は、いつどうなるか分からない身だ。父や兄の気まぐれひとつで何もかも失くしてしまう可能性がある。だが、身につけた知識や磨《みが》いた技術は誰にも奪われない』って言っていたの。その言葉がずっと残っていたのよね……」

彼は、いつ家を追い出されるのか分からない不安の中で、生きてきたのだろう。

その気持ちを思うと、胸が締め付けられる。

ねっ、と撫子は気を取り直したように、明るい顔を見せた。

「それより、せっかくのお団子やぜんざいが冷めてしまうわ。食べましょうよ」

「そうね、食べましょう」

二人は微笑《ほほえ》み合い、菖蒲はぜんざいを、撫子はみたらし団子を口にした。

3

撫子と再会した翌日。

藤馬の留守を見計らい、母には『昨日会った友達の家へ行く』と嘘をついて、菖蒲は一人、バスに乗って郊外へと向かっていた。

緑が広がる森の中に、その施設はあるということだった。

そこは、病院と銘打っているわけではなく、心が疲れてしまった身分の高いご婦人が療養するための施設のようなものだという。

木々に囲まれた中、ひっそりと佇《たたず》む白い洋館は、まるで桜小路家の庭の離れにあった別邸を思わせる。

本邸は火事で焼け落ちてしまったけれど、あの隠れ家のような別邸は今も残っているんだろうか？

菖蒲はそんなことを思いながら、扉を開けて、

「あの、お見舞いに来ました。一条菖蒲と申します」

受付に紹介状を出す。ここは、紹介状がなければ、見舞いに訪れることもできない場所だと聞き、菖蒲は撫子に紹介状を書いてもらっていた。

偽名が思いつかず、撫子が使っていた苗字をかりることにした。

受付の女性は紹介状を丁寧に確認し、洋館裏の庭を手で指し示す。

「綾小路様は、お庭におられますよ」

離縁した蓉子は旧姓に戻ったようだ。

ありがとうございます、と会釈《えしゃく》をして、そのまま庭へと向かう。

木々の緑に明るい陽射しが反射して、眩《まぶ》しいほどだ。

庭に顔を出すと、蓉子が無心にシャボン玉を飛ばしていた。

「まぁ、蓉子さん、とても大きなシャボン玉が出来ましたねぇ。とってもお上手」

隣で白衣の職員が、まるで園児をあやすように優しい笑みを浮かべている。

「蓉子、上手でしょう？　お母様に見せてあげたい」

蓉子は、少女のように、うふふ、と笑っていた。

ある程度の覚悟はしていたが、あまりに変貌《へんぼう》した蓉子の姿に、菖蒲は衝撃を受けて、立ち尽くす。

そんな菖蒲の姿に気付いた蓉子が「あら？」と目を輝かせる。

「ねぇ、あそこに可愛いお姉さんがいる」

職員の袖を引っ張るようにつかんで、菖蒲を見た。

「そうですね、蓉子さん。ちょっと待っていてくださいね」

職員は優しく言って、菖蒲の許に歩み寄り、そっと会釈をした。

菖蒲も慌てて会釈をする。

「私はここの職員の佐藤と申します。蓉子さんのご親族から特別に世話を頼まれている者です」

「は、はじめまして、一条菖蒲です」

「以前の彼女をご存知でしたら、おつらいかと思いますが、普段はあのように少女のように愛らしい状態です。ですが、火事のことや桜小路の屋敷、また、離縁された元ご主人の話題になると半狂乱になって暴れますので、決してそのことには触れないでください」

強い眼差《まなざ》しで釘を刺され、菖蒲はぎこちなくうなずいた。

「それでは、私は少し離れたところにいますので、ごゆっくり」

彼女は再び頭を下げて、その場を離れた。

菖蒲はごくりと息を呑《の》んで、蓉子の許に歩み寄る。

「こんにちは、蓉子さん。菖蒲です。今日はお花を持ってきました」

菖蒲はそう言って、白薔薇《しろばら》の花束を蓉子に差し出した。

「うわぁ、とっても綺麗。ありがとう、お姉さん」

純真な少女のように目を輝かせて、花を抱き締める。

わあい、と喜ぶその笑顔の眩しさに、菖蒲の胸は切なく詰まった。

撫子は桜小路家を『伏魔殿』と称していた。そんな家に嫁いだ彼女は、ずっと苦しい思いをしてきたのだろう。形はどうあれ、今の彼女は、もしかしたら幸せなのかもしれない。

だとしたら……。

「幸せって、なんだろう？」

ぽつりと零《こぼ》した菖蒲の言葉に、蓉子は足を止めて振り返った。

「菖蒲さんは幸せ？」

と、微笑みながら無邪気に尋ねる。

「えっ？　……ええ、幸せです」

色々あったし、たくさん失ったけれど、今は父も母も兄も側にいる。幸せに違いない、と心の中で付け足す。

「それなら、良かった。でも、菖蒲さん、自分の心に言い聞かせているうちは、幸せとは言えなくてよ」

えっ、と菖蒲は訊き返す。

「それに、そんな哀れんだ目でわたくしを見なくても結構よ。わたくしは今、とても幸せなのですから」

白薔薇の花束を手に、それは美しく微笑んだ蓉子に、菖蒲は大きく目を見開いた。

「――蓉子、さん？」

「なあに？」

すぐに幼女のように大きく首を傾《かたむ》ける。

心臓がばくばくと脈打っていた。

今のは、なに？

屋敷に火を放って、すべてを失った彼女は正気を失った振りをして、安定を手に入れたのだろうか？　それとも、本当に正気を失い、時折元に戻るのだろうか？

背筋が寒くなるような気持ちで蓉子を見ると、

「ここは大好き。この白薔薇が、赤くなることがないもの」

ギュッと薔薇の花束を抱き締める。

菖蒲は何も言えずに、ぎこちない笑みを返す。

蓉子との面会を終えて、受付に挨拶をし、帰ろうと踵《きびす》を返した時、窓際に百合《ゆり》の花が飾られていることに気が付き、足を止めた。

「綺麗な白百合……」

「ああ、それは、先日蓉子さんに……白い花は蓉子さんのイメージなんでしょうね」

ふふっ、と笑う職員に、菖蒲は勢いよく振り返った。

「そ、その方って、桜小路家の方ですか？」

「いえ、これは、お見舞いではなく贈られたものなんですよ。ですが、桜小路家の方ではありませんでした」

「そう……ですか」

もしかしたら、と思ったのだ。

彼がここに来たのかもしれないと……。

それだけのことに、激しく動揺してしまった。

菖蒲はそっと唇を噛み、頭を下げて療養施設を後にした。

4

梅咲藤馬が、『斎王』候補である妹・菖蒲の護衛を務める青年を慕っているという知らせは、公にではなく名家の間でひっそりと広まっていた。

その知らせは、桜小路家の耳にも届いている。

これはまたとない好機だと、喜一は、立夏の捜索を急がせた。

立夏の行方が分からなかったのは、誰もお金をかけて探そうとしなかったためだ。

人さえ雇えば、故意に隠れているわけではなく、ただひっそりと生活している者を見つけ出すのは容易《たやす》いことだ。

探偵を使い、立夏の捜索をさせてから、数日も経たぬうちに居所をつかむことができた。

立夏の住み家を突き止めた撫子は、すぐにその場に駆け付けた。

「――立夏お兄様」

「……撫子？」

立夏は、大阪の下町の下宿屋の前にいた。

着流しを纏《まと》い、竹箒《たけぼうき》を手に掃き掃除をしている。

元々無造作だった髪はさらに長くなっていたものの、無精髭《ぶしょうひげ》がなかったこと、思ったよりも痩せていないことに撫子は幾分か安堵した。

相変わらずの美しい面差《おもざ》しであり、掃除をしている姿が笑えるほど似合わない。

立夏は下町の下宿屋の手伝いをしつつ、執筆活動を続けているということだった。

撫子の突然の来訪に驚きながらも、立夏はそのまま自分の部屋に通した。

「狭いところだが」

その言葉通り六畳一間の和室。

あるのは折り畳まれた布団と、座卓のみ。

積み上げられた原稿用紙と、資料の本。没にした紙の屑《くず》が散らばっている。

壁には菖蒲が火事の中、救い出した母の肖像画がかかっていた。

「聞きましたわ。出版社に原稿を持ち込んで回り、頭を下げて、雑誌や新聞に掌編《しょうへん》を書く仕事をもらったり、知り合いの俳優のツテを辿《たど》って劇団の脚本を書き下ろしたりすることでなんとか食いつないでいると……立夏お兄様が、そんなことをするなんて、私、想像がつかなくてよ」

撫子はそう話しながら立夏の用意してくれた座布団の上に、躊躇《ためら》いつつもゆっくりと腰を下ろす。

「それより、何か用だったんじゃないか？」

今まで音沙汰がなかったのに突然思いついたように訪ねてきたのは、何かの意図《いと》があってのことだろう、と立夏は一瞥《いちべつ》をくれる。

撫子は「ええ」と頷《うなず》いた。

「菖蒲さんが」

その名を口にしたときに、立夏が一瞬肩を震わせたのを撫子は見逃さなかった。

「今、『斎王』候補なのは、ご存じですか？」

「ああ、それは号外で……」

「この前、お会いしましたの。菖蒲さんも『斎王』候補になって、きっと変わられてしまったのだろうと思ったのですけど、相変わらず鈍いながらも一生懸命な感じで、まったく変わっていませんでしたわ」

「そうか」

自然と頬が緩むことを自覚したのか、立夏はすぐに表情を正した。

「菖蒲さんのお家は、菖蒲さんを護衛する若者を募っております。『白虎』『青龍』『玄武』『朱雀』の力を持つ者が条件だとか」

へぇ、と立夏は、どこ吹く風とばかりに相槌をうつ。

「ですが、護衛と称した『婚約者候補』だろうと私は睨《にら》んでいます」

その言葉に、立夏はほんの少し目を細めた。

「……それで？」

「お兄様はなんとも思わないんですの？　菖蒲さんはあなたの許嫁《いいなずけ》……」

「もう、彼女は僕の許嫁ではない」

撫子の言葉を遮《さえぎ》って、立夏は強い口調で答える。

「そんなこと分かっています。ですが、元許嫁。少なからずお兄様の胸には菖蒲さんがいるはずです。このままだったら、彼女は手の届かない人になってしまいます。菖蒲さんは今もお兄様を想ってらっしゃいます。お兄様はどうなのでしょう？」

撫子に見据えられ、立夏は思わず目をそらした。

「ご自分の気持ちをちゃんと確かめてください。そして菖蒲さんに会ってください」

立夏は何も答えず、部屋を静けさが襲った。

ややあって、立夏は大きく息を吐き出した。

「今の僕が会えるはずもない」

「どうしてですの？　生活のことでしたら、なんとでもなりますでしょう？　お兄様は『朱雀』の方。技芸はもちろん、英語も堪能《たんのう》ですし、割のいい翻訳のお仕事だって」

そこまで言いかけた撫子に、

「そういうことじゃない！」

思わぬ迫力に気圧《けお》されて、撫子は微《かす》かにのけ反り、口を閉ざした。

それ以上は口を開こうとしない兄を前に、そっと肩をすくめた。

「今日のところは帰ります。私が伝えたかったことは、それだけなので」

そこまで言って、撫子は立夏の前にメモ紙を差し出した。

立夏は何も答えずに、それを受け取る。

撫子は立ち上がり、部屋を出ようとして、そうだ、と足を止めた。

「菖蒲さんは、もし自分が『斎王』に認定されなかったら出版社に勤めたいと仰っていたんです。その理由を聞いたら、こう答えたんですよ」


――誤解しないで聞いてほしいのですが、立夏様の小説を読んで、わたし、初めて文学の素晴らしさを知ったんです。文字だけなのにこんなにも美しい情景が浮かぶなんて、と感動しまして。それで、本に関わるお仕事がしたいと思ったんです。


撫子は、菖蒲の言葉を伝えて、呆れたように肩をすくめる。

「あの人、本当に『自分の人生のすべてがお兄様』で笑ってしまうでしょう?」

そう言って撫子は笑ったが、立夏は何も答えなかった。

「それでは御機嫌よう、お兄様」

と、撫子は長いフリルのスカートを翻して、軽やかに部屋を出ていった。

――パタン、と立て付けの悪い木製の扉が閉まる。

その音と共に、立夏は狭い部屋に一人となった。

差し込む西日の強さと陽が陰ることの早さに、既に季節が秋に変わっていることに気付かされる。

時が経つのは早い。

もう少し、もう少しと思っているうちに時計の針はぐるぐると回り、カレンダーは次々にただの紙屑と化して、窓から見える景色は変わっていく。

立夏は自嘲的な笑みを浮かべ、ゆっくりと座卓の前につき、引き出しを開けた。

そこに、かつて菖蒲から受け取った手紙が入っていた。

千花《ちか》と共に家を出るつもりだったにもかかわらず、この手紙は捨てることも置いていくこともできず、荷物に忍ばせていた。

本当は彼女に謝罪に行った時、手紙を返すことも考えた。

だが、それはあまりに酷ではないか、と躊躇われたのだ。

しかし――。

立夏は封筒を取り出して、便箋《びんせん》を出す。

最初の頃の手紙は、自分への想いが綴《つづ》られていたが、途中からは近況報告や女学校時代の思い出に変わっている。

『裁縫の時間は、先生が席を外すので、わたしたちはお喋《しゃべ》りばかりしていました。編み物の時間には、教室に可愛らしい猫が入ってきたものだから、わたしたちは嬉しくなって大騒ぎ。猫が毛糸で遊びだして、さらに大騒ぎです。すると隣の教室から、厳しい先生が飛び込んできましたので、わたしたちは慌てて着席するも、まるで椅子の取り合いで――』

読みながら、その光景がありありと浮かんでくる。

気が付くと、立夏の口角が上がっていた。

立夏はバツの悪い気持ちになって、手紙を引き出しに戻す。

菖蒲の手紙は、どれも楽しく温かく、優しかった。

彼女自身が、そういう人物であるのが伝わってくる
桜小路邸を出て、この部屋で迎えた最初の冬はとても辛かった。

そんな中、これらの手紙にどれだけ癒《いや》されただろう。

だが、自分は当時、菖蒲にこう吐き捨てたのだ。

『あの手紙も使用人に書かせているんだろう？　もう、あんな小細工はやめてもらえないか。迷惑なんだよ』

自分が発した言葉を振り返り、立夏は髪をかきむしる。

離れて、分かった。

彼女の心に、逃避や依存はあったのかもしれない。だとしても、あの子は偽りのない想いで、まっすぐに自分を想ってくれていたのだ。

これまでの人生、誰かにそんな風に強く想われたことがあっただろうか？

自分は、いつでも厄介者《やっかい》であり、そんな境遇に酔い、世の中を恨んでいた。

だが、彼女は違っていた。彼女も親に『いらない人間』と突き付けられても、腐《くさ》ることなく、懸命に前を向いていたのだ。

立夏は額に手を当て、大きく息をついた。

こうして、一人になって思い出すのは、当時、夢中になっていた千花ではなく、ひたむきだった菖蒲の姿だ。

今になって思えば、千花は自分の前でにこにこと微笑み、相槌をうっていただけのことが多かった。

『また、僕の作品を読んでくれてありがとう……君からの感想が本当に励みなんだ。作品を読んで気になったことがあれば、ぜひ、君の口から直接聞きたい』

そう言うと千花ははにかんで、いつもこう答えた。

『私の感想は、すべて手紙に書かせていただいております。ただ、その、ひとつだけ伝えさせてください。今回もとっても美しかったです』

その言葉に有頂天《うちょうてん》になっていた。だが、それはすべて蓉子からの指示。

感想も蓉子からのものだったのだ。

今となっては、悔しさよりも自分の未熟さに呆れる。

思い返すと、あまりに単純で自分でも笑ってしまうほどだが、書き手にとって作品は自分の内側をさらけ出すようなもの。

それを優しく包んで肯定してくれたなら、心は簡単に動いてしまう。書き物をはじめたばかりのひよっ子ならばなおのこと。菖蒲の自分への恋心を幻想だと一蹴しながら、まさに自分こそが、幻想に恋をしていたのだ。

ふと、菖蒲のまっすぐな瞳を思い出す。

『あの……「技能會《ぎのうえ》」では、ありがとうございました』

彼女は胸の前で手を組み、頬を紅潮《こうちょう》させながらそう言って、頭を下げた。

『別に君のためにやったわけではない――』

と、自分はまず、そう言った。

兄・喜一は、自分と千花の仲に勘付いていた。兄が千花を無下《むげ》にできなかったのは、使用人頭の八重の娘だったからだ。

彼女は、桜小路家の内部まで深く食い込んでいた。

もし、追い出すようなことをしたら、どんな反逆をされるか分からないという懸《け》念《ねん》があった。

追い出すには、追い出すなりの理由を喜一は欲していたのだ。もし、弦が切れたとなれば、その事実を幸いとして、千花に罪を擦《なす》り付けかねないと考えた。

彼女の弦が切れたのに気付いたのは、たまたま近くで休んでいたためだ。

バツン、と弦が切れる音が耳に届き、驚いた。

彼女も動揺したようだが、それをおくびにも出さずに工夫して演奏を続けた姿勢には、感心させられた。

だが、どうしても、切れた弦の音が必要になる場面がある。

あの時の自分は、千花にかかりかねない火の粉を振り払うために笛を吹き、演奏の手助けをした。

それなのに、あんなにも嬉しそうに菖蒲から礼を言われて、ばつが悪かった。

『――弦が切れて「技能會」を台無しにしたとなれば、兄は癇癪《かんしゃく》を起こし、準備をした使用人にいたるまで責め立てられて、解雇問題に発展する可能性があるからな』

正直に告げた。君のためではないと。

きっと、すぐに顔を曇らせて、踵を返すだろう。

そう思っていたのに、彼女はそれでも嬉しそうにこう言ったのだ。

『それでしたら、余計にありがとうございました。そんなことにならなくて良かったですし、立夏様と演奏させていただけて嬉しかったです』

あの頃のやりとりを思い出すたび、自責の念に駆られて苦しくなる。

菖蒲への誤解が解けたあと、自分は彼女に謝りにいった。

それだけが、自分の中で唯一の救いなのだが――、

「……だからと言って、今さら彼女の前に出るわけにはいかないだろう」

そう、どの面下げて現われろと言うのだ。

立夏は、今日届いたばかりの文芸誌を手に取り、ページをめくる。

自分のすべてを賭けていた、文学賞の受賞作が発表されていた。

結果は、『佳作入選』であり、書評には『まだまだ粗削りで青さを感じるものの、鬼気迫るような文章に引き込まれた。今後の活躍に期待』と書かれている。

とりあえず入賞はでき、出版社と契約を結べることに胸を熱くしたが、自分の中での合格点は出ていなかった。

大賞を獲《と》ることができたら、と思っていた。

名のある賞を獲り、名実共に作家として認められたら、もう一度彼女の前に立つ権利が与えられるのではないかと……。

屋敷を離れ、孤独を覚え、当時を客観視できるようになった今、胸を占めるの

は、彼女のことばかり。ここまできて、ようやく気付けたのだ。

梅咲菖蒲を愛していると――。

しかし、気が付くと、菖蒲は『斎王』候補だ。

さらに護衛という名目で、婚約者まで募っている。大賞を獲るのを待っていたら、彼女は本当に自分の手の届かないところにいってしまうだろう。

いや、そもそも、こんな自分が今も彼女の前に出ようとしているのが、おこがましいのだ。

――思ひいづる　ときはの山のほととぎす　唐紅《からくれない》の　ふりいでてぞ鳴く

詠み人しらずの和歌が浮かび、立夏は苦笑した。

『時』という名を持つ常盤《ときわ》の山のほととぎすは、まるで、真紅《しんく》の血を吐くかのように声を振り絞《しぼ》って鳴くことよ。

ほんの少し開いている窓の隙間から入り込んだ優しい風が、まるで――初めて出会った時の春風のように思えて、立夏は目を瞑《つむ》る。

その時、カサッと紙の音がした。

なんだろう、と見ると、膝の上に置いたままになっていた撫子からのメモ紙が落ちている。そういえば、最後にこれを差し出して、出て行ったのだ。

何が書かれているのか……。

『扉の外で喜一お兄様の秘書が待機しているので、メモに残すことにしました。梅咲のおじさまと喜一お兄様が結託して、菖蒲さんを利用しようとしています。そのために、立夏お兄様をダシに使おうとしているのです』

立夏は大きく目を見開き、その勢いのまま部屋の外に出る。

下宿の前には、まだ撫子の姿があった。車の前に立って、やれやれ、と肩を下げている。運転席には、喜一の秘書が鋭《するど》い眼光を見せていた。

「――遅すぎますわ、お兄様」

そう言って、撫子は立夏の許へ歩み寄る。

「出発する準備はできましたの？」

と、訊ねると同時に、メモは処分されましたか？　と耳元で囁《ささや》く。

「準備は、これからすぐに」

立夏は強い口調で言って、踵を返した。

5

九月某日。

『斎王』候補・梅咲菖蒲の護衛を選出する会が、京の迎賓館《げいひんかん》『長楽館《ちょうらくかん》』一階のテラスのあるホールで行われた。

就職試験の面接のような形態ではなく、『観月祭《かんげつさい》』と銘打ってパーティを開催した。

気分が高揚《こうよう》する華やかな会場で、客人たちと楽しく会話し、そんななかで、菖蒲が『この人』と思う者を選んでくれたら、という藤馬の目論見《もくろみ》だった。

護衛希望者を含む華族や為政者たちが多く出席し、月を愛《め》でながら、久々に登場した『斎王』候補を祝う。

菖蒲は、会場に合わせて、臙脂《えんじ》色のドレスを纏い、次々に訪れる客人たちに挨拶《あいさつ》を返すということを繰り返していた。

護衛の候補は、『白虎』『青龍』『玄武』『朱雀』の力を持つ者だ。

まず、一人目の少年が、菖蒲に紹介された。

彼を見て、菖蒲は「あっ」と口に手を当てた。

『技能會』で、『神子《みこ》』の認定を受けた庶民出の少年だった。

あれから約一年半。

あの頃は、少年というより、少女のように可愛らしい雰囲気だった。

今も顔立ちは変わらないが、随分《ずいぶん》凛々《りり》しくなったように思える。

軍服を纏っているせいかもしれない。

「菖蒲、彼は、秋成《あきなり》君。菖蒲も知っているだろう、君と同い歳で『白虎』の力を持つ。『技能會』では鬼を祓《はら》うことができなかったが、賀茂家や『椿邸』で鍛えられて、今は立派な『神子』だ」

と、藤馬は、『白虎』の力を持つ少年・秋成を紹介した。

菖蒲は、今宵《こよい》のパーティは、『護衛者の候補との顔合わせ』としか聞かされていない。

その裏にお見合いの意図があることなど、微塵《みじん》も気付いていなかった。

そのため、なんの警戒もせずに笑顔でお辞儀をした。

「梅咲菖蒲です、よろしくお願いいたします」

自分がお辞儀をした時よりも、深く頭を下げた菖蒲を前に、秋成は戸惑ったようにしながら、もう一度頭を下げる。

「こ、こちらこそ、よろしく。もし、俺を護衛に選んでくださったら、全身全霊力を尽くして、あなたを護りますので」

と、秋成は頬を紅潮させながらそう言った。

「次は僕やね」

続いて紹介された『青龍』の力を持つ男性は、藤馬と同じ『審神者』だった。

実は、桜小路家の『技能會』の際、藤馬と一緒にいた人物だという。

そのため、『青龍』の力だけではなく、『白虎』の力や、さらに他の力も併せ持っているが、予知（青龍）の力がもっとも長《た》けているそうだ。

「一度、桜小路家でお目にかかっているんやけど、あの時は面をしていたし、あらためて、はじめまして、『春鷹《はるたか》』と申します」

彼は、菖蒲よりも十二歳年上の二十八歳。

羽織《はおり》に袴《はかま》を纏い、長い髪を後ろで一つに結んでいる。妖艶《ようえん》な雰囲気の男性だった。明治になり言葉の統一がなされてから、ほとんどの者が標準語になった今、京ことばを使う彼はとても珍しい。間違いなく、あの時の『審神者』だと確信した。

独特の雰囲気に気圧されながら、菖蒲は、はじめまして、と頭を下げる。

次に『玄武』の力を持つ青年が紹介された。

彼は、眼鏡をかけていて、学生服を纏った大学生だった。

学術に長けた『玄武』の力を持っていることもあり、帝国大学に首席で入学した秀才だという。

「はじめまして、自分は『冬生《ふゆき》』と申します」

彼は素っ気なく言って、会釈をする。

菖蒲も挨拶を返して、頭を下げた。

次は、『朱雀』の人だろうか、と菖蒲は顔を上げるも、それらしき人物はいない。

藤馬がやってきて、菖蒲の肩に手を載せる。

「菖蒲、彼らをどう思った？」

「『白虎』の秋成さんは、『技能會』でお見かけした時は女の子のようでしたけど、逞《たくま》しくなられたと思いました。春鷹さんは大人びた素敵な方で、冬生さんはとても優秀な方であるのが伝わってきました」

と、菖蒲は躊躇《ためら》いがちに言って、でも、と小首を傾げる。

「『護衛』の方をと考えると、三人とも特別お強そうではないような……」

たしかにそうだね、と藤馬は笑った。

「だが、君よりも確実に強い。それに額面《がくめん》通りの『護衛』だけではないんだ」

「どういうことですか？」

「秋成君は、君に降りかかる悪意の念を振り払ってくれるだろうし、春鷹さんは、素晴らしい『審神者』だ。あらゆる手段で君を護ってくれるだろう。冬生君は、優秀だ。側にいてもらうことで、君に多くの知識を授けてくれるだろう」

最初に『護衛』が必要と言っていたというのに、ここにきて『額面通りではない』というのはどういうことなのか。

そもそも、まだ『斎王』に認定されていない、一介の候補者に『護衛』など必要なのか。

色々と腑《ふ》に落ちないことがあったが、藤馬なりの考えがあってのことだろう、と菖蒲はなんとなく相槌をうつ。

「それで、『朱雀』の方は？」

「ああ、来ているはずだよ。春鷹さんが手筈《てはず》を整えてくれているから……」

そんな話になった時、ホールにピアノの音が流れてきた。

楽団が弦楽四重奏を演奏していた時は、おしゃべりに夢中で音楽を気にも留めていなかった客人たちが、話すのをやめて、ピアノに目を向ける。

ベートーベン・ピアノソナタ、第十四番『月光《げっこう》』。

もしかして、と菖蒲は息を吞んで、振り返る。

演奏者を確認するなり、菖蒲は大きく目を見開いた。

「立夏様……」

立夏だった。

燕尾服《えんびふく》を身に纏い、ピアノを演奏している。

藤馬が、どうしてあいつが、と不愉快《ふゆかい》そうに隣に立つ春鷹を見た。

「これが、得策やと僕の勘が言うてます。そやけど、ベートーベンの『月光』って。あらためて聴くと、まるで、あなたのための曲のようやないですか、藤馬はん」

と、春鷹は小さく笑って、藤馬を横目で見る。

静かで切なく落ち着いた第一楽章で皆の視線を集め、次にパーティ会場に相応《ふさわ》しい華やかな第二楽章に入り、皆の心を明るくした。

やがて、その場にいる者の心をすべて絡め取るような第三楽章——情熱的な旋律の激流に飲み込まれていく。

菖蒲は、ピアノの前に立ち尽くす。

なぜ、彼がここにいるのか、疑問は多々あったが、今は何も考えられなかった。

この激しい旋律に身を委《ゆだ》ね、心が揺さぶられ、目頭が熱い。

だが、涙が流れそうになるのを必死に堪《こら》えた。

演奏が終わり、大きな拍手が湧き上がる。

立夏は起立して、お辞儀をし、菖蒲の許へと歩く。

自分に向かってくる彼を見ながら、菖蒲は夢でも見ているような心持ちだった。

「何をしにきた」

と、藤馬が、菖蒲の前に立ち塞《ふさ》がって問う。

立夏はその場に片膝をついて、深く頭を下げた。

「あらためて、僕のこれまでの非礼をお詫《わ》びすると同時に、『朱雀』の力を持つ者として、菖蒲さんの『護衛』に立候補したい」

はあ？　と藤馬は目を剝《む》く。

「今さら何を言うのか。君は、自分がどれだけ妹を傷付けたか分かっているのか？どの面を下げてここにいるんだ」

どうどう、と春鷹が、藤馬を宥《なだ》める。

「『椿邸』に桜小路家から打診があったんや。『朱雀』の力を持つ立夏君を候補にて。それを許諾《きよだく》したのは、僕やさかい」

その言葉に藤馬は弾かれたように、春鷹の方を向く。

「何を考えて、そんなことを！」

「そんな向きになったらあかんで」

「向きにもなる。桜小路家は、この男を餌《えさ》に菖蒲を手中に収めようとしているに決まっているではないか！」

そやろなぁ、と春鷹は鷹揚《おうよう》に答えて、今も膝をついたままの立夏に視線を落とす。

「桜小路家はそう思うてても、立夏君はちゃうやろ」

立夏は今も頭を下げたまま、何も言わない。

藤馬は、春鷹の顔を覗《のぞ》き込んで、小声で訊ねた。

「……春鷹さん、あなたは菖蒲を気に入って、候補に名乗り出たのですよね？」

「そうや。『技能會』で、弦が切れても、それを周囲に気付かせまいと懸命に演奏を続けた姿を見て、『この子、ええなぁ』て」

「だというのに、どうしてこんなことを？」

「菖蒲ちゃんが、今も立夏君に想いを残しているからや。どうせやったら、ちゃんと決着をつけたいやん」

口角を上げていても目は笑っていない春鷹の姿を見て、藤馬は言葉を詰まらせた。

藤馬は春鷹から手を離し、立夏に視線を移す。

「なぜ、黙ったままなんだ？　何か言うことはないのか？」

藤馬が問うと、立夏はそっと口を開いた。

「言い返せる言葉がないからです。僕は菖蒲さんを傷付け続けました。どの面下げてと、自分が一番思っています。ですが、傷付けた自分だからこそ、誰よりも菖蒲さんを護りたい。この身に代えても、彼女を護ると誓って言えます」

と、立夏は胸に手を当てる。

一方の菖蒲は、混乱していた。

彼は今頃千花と幸せに過ごしているのだからと、湧き上がる恋心をねじ伏せてきたのだ。

それなのに、今ここに彼がいて、夢にも見ないようなことを言っている。

「菖蒲のために、命を賭けられると？」

藤馬は、冷笑を浮かべて訊《き》き返す。

はい、と立夏は答える。

「それでは、菖蒲のために恥はかけるのか？」

「……今ここにいる自分がそうです」

そう答えた立夏を前に、藤馬は鼻で嗤《わら》う。

「たしかにな。それじゃあ……」

と、藤馬は、春鷹の方を向き、「これを貸してくれ」と、彼の羽織をはぎ取り、立夏の体の上に掛けた。

「『朱雀』の力を持つ者は、技芸に秀でているのだろう？　それを羽織って今ここで舞ってくれないか？」

「お兄様！」

菖蒲は青褪《あおざ》めて口に手を当てる。藤馬は菖蒲の言葉を遮って、声を上げた。

「嫌ならば！　今すぐ、帰るといい」

立夏は、何も言わずに羽織を手に持って立ち上がり、春鷹を見た。

「もし良かったら、帯に挿《さ》している扇《おうぎ》も貸してもらえないだろうか」

春鷹は目をぱちりとさせたあと、にっこりと笑って扇を差し出す。

「もちろんええよ」

ありがとう、と立夏は、皆の前へと向かった。

彼は本当に、ここで舞うつもりなのだ。

燕尾服の上に、人から借りた羽織を纏った滑稽な格好のままで――。

「立夏様、そんなことをされる必要はありません。今すぐお戻りになってください」

菖蒲は真っ青になって、立夏を止めようと、その手をつかむ。

てっきり、立夏に冷たい眼差しで手を払われると思ったが、彼は動きを止めただけだった。気のせいか、彼の耳がほんのり赤くなっている。

「――以前も一度、君が『月光』を聴いてくれたことがあっただろう?」

菖蒲は戸惑いながら、はい、と答える。

彼が自分を追い出そうと、押し倒してきた夜のことだ。

「あの時も僕は、君に酷いことを言った。家のためになんでもできるんだな、と罵《のの》しったんだ。だが、今なら君の気持ちがなんとなく分かる」

恋しい人のためならばなんだってやってやろうという時がある、という言葉を続けようとして、立夏は口をつぐむ。

菖蒲は、立夏の言葉の意図がよく分からずに、瞳を揺らす。

「立夏様……？」

立夏は優しく、菖蒲の手を解《ほど》いた。

「僕はこれでも『朱雀』の力が殊更《ことさら》に強いと言われている。心配しないでほしい」

そう言って立夏は、弦楽器の楽団の許に向かい、何かを伝えていた。

皆は、何が起こるのか、と立夏に好奇の視線を注いでいる。

立夏は、燕尾服の上から春鷹の羽織を纏い、その上にベルトをした。

会場にドッと笑いが湧く。

藤馬と春鷹も笑っていたが、菖蒲は見ていられず、ハラハラして指先まで冷たくなるようだった。

立夏は楽団に視線を送り、うん、とうなずいてから、パッと扇を開く。

同時に楽団が弦楽器を使い、滝廉太郎《たきれんたろう》の『荒城の月《こうじょうのつき》』を奏で始めた。

それに合わせて立夏は、扇をパッと開き、そのまま扇を巧みに使った舞を見せる。

それまで嘲笑《ちょうしょう》していた客人たちが、おお、と感嘆の息を洩らした。

美しかった。

まさに、朱雀が羽を広げているかのようであり、皆は呼吸を忘れて見入る。

和の音楽を弦楽器が奏で、燕尾服の上に羽織を纏って艶《つや》やかに力強く舞う立夏の姿は、和洋が融合したこれからの世に相応しい、新たな芸術なのではないか、と思わせる美と、説得力があった。

演奏が終わる瞬間、立夏はパンッと扇を閉じて、深々と頭を下げる。

割れんばかりの拍手と喝采《かっさい》が、会場を包んだ。

ピアノの時は堪えていたというのに、今はもう我慢《がまん》ができず、菖蒲は涙を流しながら立夏を見ていた。

拍手をしたいのに、それすらもできない。

あーあ、と春鷹は肩を下げ、残念そうに言う。

「これはもう、『護衛』は、彼に決まりやな?」

その言葉に、皆の視線が菖蒲に集中した。

菖蒲は慌てて涙をハンカチーフで拭《ぬぐ》い、なぜ見られているのか分からず、引《ひ》き攣《つ》った笑みを返す。

隣に立つ藤馬が、いや、と首を横に振った。

「思えば『護衛』が一人なのは、荷が重い。とりあえず、秋成君、春鷹さん、冬生君、そして立夏君の四人に交代制でしてもらうことにしよう」

秋成は、あからさまに喜びをあらわにし、冬生は、そっと眼鏡の位置を正す。

春鷹は、それはよろしいね、と愉快そうに笑い、立夏は何も言わず一礼した。

そして、と藤馬は話を続ける。

「四人には、『斎王』候補である菖蒲の家庭教師も務めてもらいたい」

その言葉に、えっ、と秋成は目を丸くした。

「俺も、お嬢様の家庭教師を？」

そうだ、と藤馬はうなずく。

「秋成には『鬼の祓い方』を、『審神者』である春鷹さんには、『斎王』としての心構えや役割を、冬生君には勉強を、立夏君には技芸を……」

そこまで言って藤馬は、菖蒲を見た。

「菖蒲、それでどうだろうか？」

事態を把握できずにいる菖蒲は、よく分からないままにうなずく。

「あ……はい。それぞれに長けていらっしゃる皆さんの教えを乞うことができるのでしたら、それほど心強いことはないです」

菖蒲がそう言うと、わっ、と明るい声が上がる。

多くの者が拍手をし、こっそり様子を窺《うかが》っていた桜小路家の手の者も、よくやった、とほくそ笑みながら、拍手を送る。

それぞれの思惑を孕《はら》みながら、秋の『観月祭』は、一見和やかに滞《とどこ》りなく幕を閉じることとなった。

最終章　わたしの恋

1

『斎王《さいおう》』の試験は、神無月《かんなづき》に行われる。

菖蒲《あやめ》はそれまでの間、桂子と共に『椿邸《つばきてい》』に身を寄せて、『斎王』試験に備えることになった。

『椿邸』には、『白虎《びやっこ》』の力を持つ秋成《あきなり》、『玄武《げんぶ》』の力を持つ冬生《ふゆき》、『朱雀《すざく》』の力を持つ立夏《りっか》が、交代で訪れ、菖蒲の護衛兼家庭教師を務める手筈だ。

『玄武』の冬生は学生のため、学校が終わった後に『椿邸』を訪れて、勉強を教えてくれた。博学な冬生は教え方が上手く、苦手な算術も難なく解けるようになり、菖蒲は感激を隠せなかった。

「今までどうやっても分からなかったのですが、解けるようになりました。ありがとうございます！」

するると冬生は、指先で眼鏡の位置を正して、目をそらす。

「とはいえ、菖蒲君は、『斎王』候補だ。学術をがんばる必要はないのでは？」

「いいえ、そんなことはないです。これは、お友達づてに聞いた言葉なのですけど、『身につけた知識や磨いた技術は誰にも奪われない』と」

これは撫子《なでしこ》から聞いた、立夏の言葉――。

「本当にそうだと思ったんです。このまえの株価暴落のように、世の中何が起こるか分かりません。たくさんの物を持っていてもすべて失ってしまうこともあります。けれど、知識や磨いた技術だけは誰からも奪われないんだと」

冬生は表情も変えずに、菖蒲を見ていた。

しばらく微動《びどう》だにしない冬生を前に、菖蒲は心配になって訊《たず》ねる。

「冬生さん？」

「いや、失礼した。素晴らしい考えだと思います」

と、冬生はまた、眼鏡の位置を正す。

「そうですよね。それにわたしは『斎王』試験に受かる気がしないので、そうしたら職業婦人を目指して、がんばろうと思っているんです」

「どうして、受かる気がしないと？」

「わたしは、鬼を視《み》ることができないんです」

ふむ、と冬生は腕を組む。

「だが、ちゃんと『神子《みこ》』認定は受けている。とすれば、君は本番になれば、変わるのかもしれない。案ずるより産むがやすしと言うだろう。その状況になったら君は力を出せるのではないだろうか」

ありがとうございます、と菖蒲は頭を下げた。


『白虎』の力を持つ秋成は、菖蒲に鬼の祓《はら》い方を教えてくれた。

『椿邸』の庭に出るように言うと、秋成は落ちている木の枝を手に持った。

「俺も『神子』になってまだ一年半だから、教えられるほどじゃないんだけどさ。とりあえず、基本的なことくらいなら……」

そう言うと、地面に五芒星《ごぼうせい》と六芒星《ろくぼうせい》を描く。

「これは、知ってる？」

ええ、と菖蒲はうなずいた。

「五芒星は、稀代の陰陽師《おんみょうじ》・安倍晴明《あべのせいめい》が使っていたことでも知られる陰陽道の星で、籠目《かごめ》の六芒星は、西洋のものだと……」

「さすがだなぁ。俺なんて最初見た時は、どっちも星の印としか思わなかったよ」

それじゃあ、と秋成は話を続けた。

「この二つの性質の違いは分かる？」

いいえ、と菖蒲が首を横に振ると、秋成はホッとしたように表情を緩《ゆる》ませた。

「良かった。俺も少しは役立てそうだ。なんでも、五芒星の方は、自分の力を安定させる働きがあって、六芒星は自分の力を高める働きがあるそうなんだ。だから、鬼を前に自分を護《まも》りたい時は五芒星で、攻撃をしようって時は六芒星なんだって」

「ですが、そもそも鬼を視ることができないわたしが、五芒星で自分を護ったり、六芒星で鬼を攻撃したりできるのでしょうか？」

菖蒲の問いに、秋成は目を瞬《またた》かせた。

「菖蒲様が、鬼を視ることができない？」

はい、と菖蒲は決まりの悪さを感じながら答える。

「鬼も視られず、予知もできないわたしが『神子』で、今や『斎王』候補だなんて、自分でも信じられない気持ちで……」

でも、と秋成は前のめりになった。

「たとえばさ、古い家に入って、なんだか嫌な感じがするって時はある？」

「ああ、それはあります」

「そういう時は大抵、悪霊《あくりょう》――鬼が潜《ひそ》んでいるんだよ。鈍い人は、『嫌な感じがする』って感覚もないんだ」

「そうなのでしょうか？」

「うん、それは間違いなく。そういう時に簡単に祓える方法があるんだよ。弱い輩《やから》なら、こうして手を叩くだけで、結構祓えるんだ」

と、秋成は拍手をするように、音を立てて手を打ちながら言う。

「手を叩くだけで？」

そんなことだけで祓えるのが信じられず、菖蒲は自分の両手を見た。

「そう。これは、普通の人でもできる除霊法でね。手を叩いた時の音が、最初よりもはっきり聞こえるような感じがしたら、大丈夫なんだ」

そうなのですね、と菖蒲は微笑《ほほえ》んだ。

「ありがとうございます。これなら、わたしにも簡単にできます」

「お礼を言われるほどのことじゃないんだけどさ」

と、秋成は頰《ほお》を赤らめて頭を搔《か》き、

「菖蒲様、あなたは、ちゃんと『審神者《さにわ》』に選ばれた『斎王』候補なんだから、そんなに心配しないで」

そう言ってまっすぐな目を見せた。

翌日は、『青龍』の春鷹《はるたか》が訪れていた。

『審神者』である彼は四人の中で唯一、『斎王』試験について知る人物だ。

菖蒲は、春鷹を前にするなり、『試験はどんなことをするのか』『場所はどこで行われのか』『必要なものはあるのか』と、五月雨《さみだれ》に聞いていく。

怒濤《どとう》の質問を受けた春鷹は目を丸くするも、ふふっと笑った。

「ほな、縁側で話そか」

縁側に並んで座り、お茶を飲みながら、春鷹は試験の詳細について説明をした。

「そもそも、『斎王』の試験が神無月なんは、出雲《いずも》に神様がつどう月だからなんや。神無月、出雲では『神在祭《かみありさい》』が一週間開かれるんやけど、その期間、京都の選ばれし『審神者』たちは、出雲へ出向くんや。ちなみに、僕は選ばれてへんし行かへんで。まだまだ、若輩《じゃくはい》やし」

と、春鷹はいたずらっぽく笑って言う。

「その間、『斎王』候補は、どちらに？」

「京都に残って、祈禱《きとう》するんや」

そう言って春鷹は説明を続けた。

『斎王』候補は、『神在祭』の間の満月か新月の日、鞍馬寺《くらまでら》の本堂に籠《こも》り、一晩祈禱をする。そうしていると、出雲の『審神者』と、鞍馬山の『斎王』候補の意識がつながる。出雲の『審神者』たちは、『斎王』候補と意識の上での交流を図りながら、色々な問いかけをしていく。

そうして出雲の地につどう津々浦々の神々が認めたなら、晴れて『斎王』になる。

説明を聞き終えても、菖蒲は理解ができずに、眉間《みけん》に深い皺《しわ》を作った。

「出雲に行かれた『審神者』の意識と、京に残るわたしの意識がつながるというのはどういうことですか？」

「そうやなぁ、菖蒲ちゃんはお嬢様やし電話したことあるやろ？　それの電話器がないようなものなんや。あっちとこっち、遠くにいるけど、つながることで、心の声が聞こえ合うんや。ほんで……」

お待ちください、と菖蒲は手をかざして、話を止めた。

「『審神者』は、皆さん、そんなことができるんですか？　春鷹さんも？」

「できひん。特別な場所、特別な時間、特別な儀式があってできることやさかい」

そうなんですね、と菖蒲は少しホッとして、胸に手を当てる。

「ですが、その特別な状況下にいても、ごく普通の人なら、つながれませんよね？」

「そら、もちろん」

「『斎王』候補が出雲の『審神者』とつながれなかったら、どうなるんでしょうか？」

「そら、失格やな」

「そうですよね……」

この自分が意識同士で会話など、できる気がしない。

「そない気にせんとき。さっきも言うたように、特別な場所で儀式をしたら、状況は変わるさかい」

分かりました、と菖蒲はうなずき、質問を続けた。

「『審神者』は、出雲大社で祈禱をし、『斎王』候補は、鞍馬寺で祈禱をする。場所が、神社とお寺なのは、何か意味があるのでしょうか？　祓いの呪文も祝詞《のりと》からお経まで覚えるのが、わたしには少し不思議で……」

おっ、と春鷹は感心したような顔を見せる。

「それなんや。明治になって、神仏分離が言い渡されてしもたけど、明治になる前は、神社も寺も一緒くたやったんや。さらにその昔、日本は自然信仰で神教の国やった。そこに、仏教が到来してきたやろ？」

はい、と菖蒲は答える。

「突然、日本に外の国からの神様がようけ押し掛けてきたもんやから、日本の神様はびっくりや。ほんで『神仏習合《しんぶつしゅうごう》』言うて、最初は仏が上で神様が下とされていたんや。これには、神様も納得できひん。なんで、元々ここにいた自分らが下やねんと」

たしかに言ってしまえば、侵略だ。

「ほんで、神と仏の諍《いさか》いは人間界に反映された。南北朝から戦国時代へと人間の争いにつながっていったんや」

「そうだったんですか？」

「まあ、僕ら『審神者』の間で伝わってる話やけど。で、江戸時代に入ってから、神道が優位と説《と》かれたことによって、ようやく和解となったんや。そうして長い戦《いくさ》の時代が終わって、平和な世が訪れたんや。けど、明治になって、また『神仏分離』やろ？　これはどうなんやろて思うてる」

「良くないのですか？」

「そやなぁ、『審神者』の中でも意見は、分かれてるんや。『せっかく平和が続いていたのに』て意見がある一方で、『森羅万象《しんらばんしょう》は変化を望むのに、江戸時代が長すぎたんや。これは天意や』て意見もある。どっちもうなずける。そやけど、僕としては、今の世に歪《ゆが》みがある気ぃもしてるし」

「歪み？」

「天意と人間たちの考えが乖離《かいり》した時に生じる歪みや。それが大きくなると、災《わざわ》いが起こるといわれてる。『審神者』や『神子』が国を護ってるけど、僕らみんなの意見が一致するわけでもあらへん。ほんで国も僕らを奉《たてまつ》りながら、自分たちの不利益になることやったら聞き入れへんし」

ふぅ、と春鷹は息をつき、かんにん、と笑みを見せた。

「話を戻して、儀式に関しては、神仏習合のままなんや。神社も寺も大切にしてるし、祝詞もお経も唱えるってことやな」

菖蒲は納得して、大きく首を縦に振った。

「もう一つ、ずっと伺いたいことがあったんです。『技能會《ぎのうえ》』の際、春鷹さんは兄と共に桜小路家にいらっしゃってましたよね。あの時、庭で不思議な会話のやりとりを聞いてしまったんです。『この家は染井吉野《そめいよしの》』とか……あれはどういう意味だったのでしょうか？」

ああ、と春鷹は弱ったように笑う。

「あれは僕らの隠語やねん。能力の強弱を花の色に譬《たと》えるんや。染井吉野は、薄い色――つまり、『この家の神子の能力は、薄まっている』ってことや」

「では、漆《うるし》が、寒緋桜《かんひざくら》と言っていたのは……？」

「漆原菊枝さんのことやねん」

「寒緋桜の色は濃いから、能力は強いということでしょうか？」

「それもそうやし、寒緋桜は早咲きの桜。能力は今絶頂期やけど、すぐに花びらを散らしそうやなぁ、っていう、ただの勘からの世間話やねん」

『審神者』同士は、世間話まで神秘的だ。

「では、梅の姿が見えなくても香りがしているという話は、もしかして……」

「菖蒲さんのことや。『神子』の素質を感じてたさかい」

そうそう、と春鷹は思い出したように言う。

「秋成から不安になってるて聞いたんやけど。君は僕らが選んだ『神子』で、れっきとした『斎王』候補や。もっと自信を持ってええんやで」

と、春鷹は優しく言う。

「ありがとうございます」

菖蒲はお辞儀《じぎ》をした。

冬生、秋成に続いて、春鷹が励ましてくれる。

それらの言葉はありがたいが、逆に焦《あせ》りを増長させた。

『審神者』に認められたはずなのに、どうして自分はこんなにふがいないのだろう。早く何とかしなければ、と思うのだ。

しかし、どんなに目を凝《こ》らしても耳を欹《そばだ》てても、人の目に見えないものが見えるようになるわけでも、普通の人の耳には聞こえないものが聞こえてくるわけでもなかった。


『朱雀』の立夏が訪れる日。

落ち着かない心を静めるように、彼が訪れる時間まで、と箏《こと》を弾いていると、

「音に迷いがあるね」

と、背後で声がして、菖蒲は弾《はじ》かれたように振り返る。

着流し姿の立夏が、自分を見下ろしていた。

以前のように冷たい目ではなく、見守るような視線だ。

「続けて」

手を止めそうになった菖蒲に、彼はそう言って横に腰を下ろす。

立夏が隣にいる。そう思うと、左肩に陽が当たっているかのような熱を感じた。

「もっと、心を落ち着けて」

心のすべてが音に顕《あら》われていて、それを彼に見抜かれているのかと思うと、ますます落ち着かなくなる。

「この箏は、君に美しい音を出してほしいと願っている。箏の声に耳を傾《かたむ》けて」

これまで、楽器が自分に何かを求めているなど、考えたこともなかった。

彼はいつも楽器に問いかけ、最高の音を出せるよう、努力してきたのだろう。

『椿邸』にあったこの箏は、かつて公家《くげ》の姫に贈られた、素晴らしいものだという。その頃は、どんな音を響かせていたのだろう？

どうか、あなたのことを聞かせてほしい。

そんな気持ちで目を瞑《つむ》ると、姫たちが笑い合っている様子が浮かぶ。

楽しみながら箏を弾いている様子が、頭に浮かんできた。

箏自身も、とても嬉しく思っているのが伝わってきた。

そうだ。楽器だって、楽しく、幸せな気持ちで触れてもらいたいのだ。

菖蒲は目を瞑《つむ》りながら、奏でていく。

夢中で演奏をし、曲を終えたところで菖蒲は手を止めて、ふぅ、と息を吐き出した。

うん、と立夏はうなずいた。

「素晴らしかった」

率直に褒《ほ》められて、菖蒲は言葉を返せず、目を泳がせる。

「そんな、素晴らしいだなんて……」

「君がそこで否定するのはこの箏を否定することにもなる。素晴らしかったのだから、箏のためにも素直に受け取ってほしい」

はっ、として菖蒲が顔を向けると、彼は今も、自分をしっかりと見詰めている。

夢でも見ているのではないだろうか。

そんな気持ちの中、はい、と菖蒲は素直にうなずいた。

「褒めていただいて嬉しいです。おかげで、この箏がかつてどのような場で弾かれていたのか、想像ができた気がしました」

「それは、『想像』ではなく、霊視したのではないだろうか？」

立夏に問われて、菖蒲は苦々しい表情になる。

『それは、想像ではなく、君の力なんだよ』

と、兄にも同じように言われていたのだ。

「どうでしょう。わたし、想像と霊視の区別がつかないのです」

子どもの頃から一人遊びをよくしてきた。人形の髪を梳《と》かしながら、この子は公家のお姫様で、こんな生活をしてきた、と想像を膨らませるのが好きだった。

今の箏について考えた時も、同じような感じで思い浮かべていたのだ。

「君は自分が『神子』であり、さらに『斎王』候補であることに疑問を持ち、不安を抱いているとか……」

「どうして、そのことを？」

「我々、『護衛』四人は帳面を交換して、君の情報を共有しているんだ」

思いもしないことに、菖蒲は呆然《ぼうぜん》とした。

「まるで、交換日記ですね……」

「交換日記とは？」

「学友と同じ帳面に交互に日記を書いていくんです。一日の出来事を綴《つづ》りつつ、手紙のやり取りもしている感じでして」

するとと立夏は、ふふっと笑った。

なぜ立夏が笑ったのか分からなかったが、それよりも彼の笑った顔を間近にし、思わず目を奪われて菖蒲は体を硬直させた。

「すまない。君からの手紙の内容を思い出したんだ。きっと学友との交換日記もそんな感じだったのだろうと」

「え、ええ？　立夏様、あの手紙を読んでくださっていたのですか？」

まぁ、と立夏は決まり悪そうに目をそらす。

「あらためて、あの時は申し訳なかった。君の手紙、特に女学校での話は楽しく拝読させてもらったよ」

「そんな……」

あの手紙の後半はきっと読まれていないだろうから、と半ば開き直り、気分転換を兼ねて、色々と書いてしまっていたのだ。

それを今になってちゃんと読まれていたと知って、急に恥ずかしさが襲う。

頬が熱くて顔を上げられずにいると、立夏は少し申し訳なさそうに話題を戻した。

「自信云々《うんぬん》の前に、君は『斎王』候補であることをどう思っているのだろう？」

えっ、と菖蒲は顔を上げて、立夏を見た。

「君は、『斎王』になりたいと願っているのだろうか？」

これまで誰も自分に聞いてこなかったことだ。

『斎王』という地位は何よりも素晴らしく、望んでいないなどありえないという無言の圧力があった。

はたして、自分は『斎王』になりたいのだろうか？

「……実はよく分からないんです。わたくしが『斎王』になったら家族が喜びます。あんな号外も出てしまったので、世の中の人たちもきっと喜んでくれます。ですので、なんとしても、認定を受けなければと思っているのですが、本当は……」

そこまで言った時、不意に菖蒲の目から涙が零《こぼ》れ落ちた。

「本当は……なりたくないのかもしれません」

これが自分の本音だった。

誰も自分の聞いてくれなかった自分の気持ちを、立夏だけが問いかけてくれたのだ。

「こんなふうに思うなんて、良くないことですよね」

いや、と立夏は、首を横に振った。

「良くないのは、自分の心を無視することだと僕は思う」

菖蒲は少し驚いて、立夏を見た。

「こんな風に思うようになったのは、家を出てからなんだ。もう後ろ盾《だて》がなくなったにもかかわらず、僕は最初、どこか格好つけていた。そうしたら、誰も僕の力になってくれなかった。恥も外聞も捨てて、『本心からの言葉』でお願いをした時、ようやく人は手を貸してくれるようになったんだ。その時『本心』には力があるのだと知った。そしてそれは、自分自身にも言えることなのだと悟ったよ。本心を無視してはならないと」

この言葉で彼が屋敷を出て、どれだけ苦労したのか、垣間《かいま》見られた気がした。

「……立夏様は、今の世の中のために、『斎王』が誕生すべきだと思いませんか?」

どうだろう、と立夏は弱ったように首を傾ける。

「僕は、菖蒲さんが望む方に決まるのが一番だと思っている。菖蒲さんが『斎王』になりたいと願うなら、なってほしい。本当はなりたくないというならば、無理はしない方がいい。もし自分の心に嘘をついた状態で『斎王』になれたとしても、それは良いこととは僕は思えないんだ。どうか自分の心に従ってほしい」

立夏の言葉一つ一つが、菖蒲の心に浸透《しんとう》していく。

『斎王』になりたいと、願わなくても良い。

その気持ちを認めてもらえたことで、胸につっかえていた重さが軽くなった。

もし、自分が『斎王』になれて皆が喜んでくれるのならば、それはもちろん嬉しい。

そして、『斎王』になれなかったとしたら、自分には分不相応ということだ。

そんなに堅くならず、運を天に任せても良いのかもしれない。

「立夏様、ありがとうございます」

目に涙を浮かべたまま、微笑んだ菖蒲を前に、立夏は懐《ふところ》から手拭いを出した。

失礼、と囁《ささや》いて、菖蒲の涙を優しく拭《ぬぐ》う。

気のせいか、立夏の指先が微《かす》かに震えていた。

ぎゅっ、と胸が詰まり、息苦しくなる。

だが、ふと冷静になった。

彼の側には、今も千花《ちか》がいるはずだ。

それなのに、なぜ、自分の『護衛』にと申し出たのか。

あの、と菖蒲は、静かに口を開く。

「立夏様は、どうしてわたしの『護衛』を……？」

そう問うと立夏は手を離し、目を伏せた。

「あの時も言ったように、僕は君に酷いことをしてきた。だからその詫《わ》びをしたかったんだ。そうしないと、僕は一生、自分のことを許せないと」

その言葉を聞き、菖蒲は深く納得した。

彼は本当にまっすぐな人なのだ。

自分を傷付けたことで自責の念にかられていたのだろう。

つまり、『護衛』を務めるのは、彼の贖罪《しょくざい》なのだ。

それを終えることで、ようやく彼は自分の道を進める。

千花――彼女と手を取り合って、前へと進めるのだろう。

苦しくて、涙が出そうになる。

彼は残酷な人だ、と菖蒲は苦笑した。

「そんなに、お気になさらなくても良かったのに。あの時お伝えしたように、立夏様のお気持ちは、ちゃんと分かっていましたから」

「あの時の僕の気持ちと、今の僕の気持ちは違っているのだが……」

立夏は目を伏せたままそう言った。

それは当然だろう、と菖蒲は思う。

あんな騒動があり、彼は家を出た。その後、社会も大きく変わった。

「色々ございましたものね。ですが、立夏様にとって大切なものはお変わりないと思います。わたしはもう大丈夫ですので、千花さんを大事にしてあげてください」

そう言うと立夏は、大きく目を見開いた。

君は……、と何かを言いかけて、くしゃくしゃと頭を掻く。

「僕のことは気にしなくていい。君こそ、自分の気持ちを大事にするべきだ」

はい、と菖蒲は微笑みながら、静かに答え、そうだ、と顔を上げた。

「あと、もう一つ。ベートーベンの『月光』についてお聞きしたいことがあったんです」

2

立夏が帰宅し、『椿邸』に一人になった菖蒲は、縁側に座り、ぼんやりと夕陽を眺《なが》めていた。

自分の心に従ってほしい、といった立夏の言葉が嬉しく、今もまだ彼に恋をしていることを実感するほどに苦しさが襲う。

「お疲れ様です、菖蒲様」

と、桂子がお茶を出してくれたことで、菖蒲は我に返った。

「ありがとう、桂子さん」

「菖蒲様のお顔が赤いのは、夕陽のせいでしょうか、それとも?」

「……意地悪ね。どうせ、しつこいと思っているのでしょう?」

「分かってしまいましたか」

菖蒲は口を尖《とが》らせながら、小声で訊ねた。

「桂子さんが恋をした時は、どんな感じだったの?」

私ですか? と桂子は自分を指差し、菖蒲の隣に腰を下ろす。

「そうですねぇ、私の場合は、命を賭《か》けた恋だったんですよ」

「命を……?」

「冗談です。そんな恋をしたかったという願望ですよ」

と、いたずらっぽく笑う顔を見ながら、菖蒲は桂子が嘘をついていると感じた。

箏を弾きながら心の中で問いかけたように、桂子を見ながら、強く思う。

——あなたのことを聞かせてほしい、と。

そうすると、空想なのか霊視なのか分からないが、桂子の過去が、なんとなく脳裏に浮かんできた。

桂子はかつて間者《かんじゃ》――隠密《おんみつ》として生きていたようだ。政治家や資産家の家に使用人として忍び込み、情報を集める様子が浮かんでくる。

そんな折、初めて大きな仕事を任されることとなる。

それは、富豪の家の娘とすり替わって、依頼人の商売敵《しょうばいがたき》である外国人男性と結婚し、隙《すき》を見て夫を殺すというもの。

だが、桂子は夫を好きになってしまい、殺せなくなった。

仲間は桂子が寝返ったと判断し、他の者に夫を殺させようとする。

それを知った桂子は、夫に自分の正体を告げ、逃げるように伝えた。

しかし、夫はすべてを承知していた。その上で、『一緒に逃げよう。私の国へ行こう』と言ったのだ。桂子は了承した振りをし、夫だけを船に乗せ、自分は留まった。

そのような裏切りを仲間たちが許すはずもなく、殺されるところだったが、女は売れば金になる、と売春宿に売られることになった。

その時、桂子を助けたのが、藤馬《とうま》だった。

『話は聞かせてもらったよ。彼女を遊郭《ゆうかく》に売るというなら、僕に売ってくれないか。倍の金額を支払うから』

仲間たちは、突然そんなことを申し出た青二才を前に鼻で嗤《わら》ったが、藤馬が金貨を出したことで、顔色が変わった。

そして、梅咲《うめさき》家の御曹司《おんぞうし》と知ると、彼らは、ころりと掌《てのひら》を返して、桂子を引き渡した。

『どうして私を助けてくれたのですか』

と、訊ねた桂子に、藤馬はこう答えた。

『僕はもうすぐ家を出るつもりでいる。父のことはどうでもいいが、母と妹が心配で、情に厚くて優秀な使用人がほしいとずっと捜していたんだよ。どうか梅咲家に入って、母と妹の面倒を見てほしい』

その言葉を受けて、桂子は生涯、藤馬に仕える決意をした――。


桂子の過去を受け取った菖蒲は、そういうことがあったのか、と胸を熱くした。

「菖蒲様、どうしました？　もしかして泣いてらっしゃいますか？」

桂子に顔を覗《のぞ》かれて、菖蒲は慌てて首を横に振る。

「実はわたし、もしかしたら桂子さんはお兄様のことを想っているのでは、と思ったことがあるんです」

まぁ、と桂子は笑う。

「もちろん、藤馬様のことはお慕《した》いしておりますが、あくまでご主人様としてです」

その言葉に偽《いつわ》りはなく、桂子の心は、今も母国へ帰ってしまった夫のことを想っているようだ。

「桂子さんもわたしのこと言えないくらい、しつこかったんですね」

はい？　と桂子は不思議そうに振り返る。

なんでもないです、と菖蒲は微笑んだ。

3

菖蒲の『護衛』を務めるようになった立夏は、再び桜小路《さくらこうじ》家に戻っていた。

といっても、鷹峯《たかがみね》の焼け落ちた屋敷ではなく、嵐山《あらしやま》の別邸だ。

兄・喜一《きいち》の顔を見るのは憂鬱《ゆううつ》だったが、今は彼の手駒《てごま》として、菖蒲の報告をしなくてはならない。

「『斎王』候補は、『神在祭』の期間中、一晩鞍馬山に籠る、か」

立夏から試験の行程を聞き、喜一は興味深そうに相槌《あいづち》をうつ。

喜一の隣には愛人がしなだれかかるように座っていたが、立夏はその存在そのもるのを無視するように、話を続けた。

「一晩のうちに結果が出まして、早朝、彼女は下山するそうです。朝には号外が出る手筈《てはず》だと」

立夏が説明を続けると、喜一は、ふむ、と腕を組む。

「では、狙うのは下山の時だな。梅咲菖蒲を連れ去り、この屋敷へ運ぶ。ここには、彼女の父親・梅咲耕造《こうぞう》氏にいてもらうから、対外的には『兄の束縛《そくばく》に耐えられず、父親の許《もと》へ逃げた』という体《てい》を取れる。これで梅咲藤馬の悪評を流せるだろうし、『斎王』から退《しりぞ》けることができるだろう」

どうだ、と喜一は手を打った。

「良いと思います。ですが、早朝の下山の時点では、我々は彼女が『斎王』に認定されたかどうかは、我々には分からない状態なのですが」

「彼女が認定されようとされまいと、連れ去っておいて損はない。それにあんな号外を出したのだ。認定は濃厚だろうよ」

「家に連れてきた後は、彼女を軟禁《なんきん》状態に？」

「そうだな。もし、『斎王』になってくれていたら、我々の意見に従うよう、おまえが彼女を操《あやつ》ってくれればいい。それが難しくても、人を操れる手段はある」

「手段とは？」

そう問うも、喜一はそれについては何も答えず、では、と立夏は腰を上げた。

「挨拶《あいさつ》を忘れているぞ」

挨拶？　と立夏はくりかえす。

喜一は愛人の腰に手を回しながら、口角を上げる。

「もうすぐ、おまえの姉になる人だ。ちゃんと礼を尽くすように」

「では、籍《せき》を？　蓉子《ようこ》さんのことは？」

「あの時に離縁したのを知っているだろう。まだ、公《おおやけ》にはしてないがな」

立夏は、そうですか、とだけ言って挨拶をせずに喜一に背を向け、ドアノブに手を掛けた。

「それにしても、おまえはもっと協力を渋るかと思えば、意外とあっさり引き受けてくれたよな？　やはり、屋敷を離れての貧乏暮らしはこたえたか？」

立夏は振り返り、そっと口角を上げた。

「ええ、そうですね。生きていくのにお金は必要だと」

おまえもやっと分かったか、という兄の笑い声を聞きながら、立夏は書斎を出る。

ドアの前では撫子《なでしこ》が目を輝かせて、待ち構えている。

「お兄様、今日は『椿邸』へ行かれたのですね？」

ああ、と立夏は廊下を早足で歩きながら答える。

撫子は、やや小走りで後をついてきた。

「それで、どうでしたの？　何か恋の進展はございました？」

露骨《ろこつ》な質問に、立夏は足を止めて、大きく息をついた。

「進展など、あるはずがない」

「どうしてですの？　だって、今や相思相愛のお二人ではないですか」

きゃあ、と撫子は両頬に手を当てる。

「相思相愛などではない。彼女の中で僕のことは終わっているようだ」

「あら、そうでしょうか？」

「……今も彼女は、僕と千花が一緒だと思い込んでいたよ」

はあ？　と撫子は目を剝《む》いた。

「お兄様はちゃんと仰いましたか？　千花さんとはとっくに終わっていると。彼女は、喜一お兄様が持ってきた縁談に喜んで乗っかり、小金持ちと結婚したと」

いや、と立夏は、首を横に振る。撫子はまた、はあ？　と声を上げた。

「どうしてですの？」

「どうだっていいだろう」

と、立夏は自分の部屋に入り、扉を閉めて、扉に背中を当てた。

お兄様！　と撫子が扉を叩いている。

「言えなかったんだよ……」

と、立夏は独りごちる。

千花とは既に終わっていて、今自分が好きなのは……等と、どの口でそんなことを言えというのか、と立夏はつぶやいてから、扉を開ける。

扉を叩きつけようとしていた撫子が両拳《りょうこぶし》を上げた状態で、拍子抜けしたような顔をしていた。

立夏は、撫子を部屋に引き込んで、小声で言う。

「撫子。君に頼みたいことがあるんだ」

「菖蒲さんに千花さんのことを伝えたら良いのですね」

と、撫子はすかさず手を挙げて言う。

いや、そうじゃない、と立夏は額に手を当てた。

「喜一が菖蒲さんを連れ去るつもりでいる。兄が本格的に動き出す前に、父の居場所を知っておきたい」

その言葉に、撫子は顔を強張《こわば》らせた。

「……本気ですか？」

父のことが公になったら、桜小路家は終わる。

「ああ、もうとっくにこの家は沈みかかった船だ。僕が引導を渡そう。それには撫子の協力が必要だ。兄は撫子を信用してる」

立夏の強い眼差《まなざ》しを受けて撫子は息を呑《の》み、

「分かりましたわ」

諦《あきら》めたような、覚悟を決めたような笑みでそう答えた。

4

そうして、『神在祭』の日。

菖蒲は早朝から、身支度《みじたく》を整えていた。

白衣に朱色の袴《はかま》、千早《ちはや》を羽織《はお》り、頭には花簪《はなかんざし》、挿頭《かざし》、前天冠《まえてんかん》と、菖蒲は『斎王』の装束を身に纏《まと》っている。

「まぁ、なんて美しい」

「雛人形《ひなにんぎよう》のよう」

桂子をはじめ使用人たちが、菖蒲を囲んで嬉しそうに言う。

その時、襖《ふすま》の向こうから、藤馬の声が聞こえてきた。

「入っても大丈夫かな」

すぐに桂子は襖を開けて、頭を下げる。

「藤馬様、おはようございます、お茶の準備をしますね」

そう言うと桂子たちは、兄妹二人だけにしようと気を利かせて、いそいそと部屋を出て行った。

「驚いた、まるで女神《めがみ》さまのようだね」

藤馬の言葉に、菖蒲ははにかんで、会釈《えしゃく》した。

「ありがとうございます」

「いよいよ、試験だね。今の気持ちはどうだい？」

そうですね、と洩《も》らし、菖蒲は藤馬を見上げた。

「わたしが『斎王』になることで、お兄様やお母様、たくさんの人たちに喜んでいただけるのは嬉しいと思っております」

ですが、と菖蒲は、意を決して、話を続ける。

「わたくし自身、『斎王』になりたいかと問われれば、そうではないのです。わたしは、ごく普通に……」

「何を言っているんだ」

藤馬は低い声で言って、一瞥《いちべつ》をくれる。

その眼差しの鋭《するど》さに、菖蒲は口を噤《つぐ》んだ。

「菖蒲、多くの者が『神子』になりたがっているのは知っているだろう。『神子』を纏める『審神者』となれば一般人にとっては雲の上の存在だ。『斎王』はそんな『審神者』のさらに上に立つ人物、僕たちの頂点なんだ。なりたくないなんて、ありえない話なんだよ。馬鹿《ばか》なことを言うんじゃない」

分かっております、と菖蒲は答える。

「わたしもそう思っていました。だから言えなかったんです。でも……」

そこまで言った菖蒲に、藤馬は察したように眉を顰《ひそ》めた。

「もしかして、桜小路の三男が、何か入れ知恵をしたのか？」

「入れ知恵だなんて……」

「だから嫌だったんだよ、桜小路家の人間を『護衛』に入れるなどと。あんな奴……菖蒲を利用しようとしているに決まっている」

「そんな風に仰らないでください！」

「前にも言っただろう、梅咲家を陥《おとし》いれたのは桜小路家なんだ。僕は、そんな桜小路家を心から憎んでいる。徹底的に潰《つぶ》してやるんだよ。そして、梅咲家が頂点に立つんだ！」

藤馬の顔が歪んで見えて、菖蒲は後退《あとじさ》りをした。

「……わたくし、お兄様が分かりません！」

「僕の何が？」

と、藤馬は向きになったように問う。

「お兄様は、わたしたちの先祖・梅咲規貴《のりたか》の想いを知り、感銘を受けたと仰っていましたよね？」

ああ、と藤馬は戸惑《とまど》ったようにうなずく。

「梅咲規貴は、『人はすべて平等だ』という教えを説いていました。お兄様は梅咲規貴の想いに応えるとおつもりだったはずです。ですが、今のお兄様は違います。わたしが『斎王』になるのを望み、梅咲家を頂点にと仰る。それは、梅咲規貴の教えとは乖離《かいり》しているのではないでしょうか？」

「生意気なことを言うんじゃない！」

と、藤馬は、壁を叩きつけた。

初めて聞く兄の怒鳴り声に、菖蒲は体を硬直させ、目を見開いた。

菖蒲が何も言わずにいると、藤馬はずるずるとその場に座り込み、両手で顔を覆《おお》う。

見えなかったが、兄が泣いているのが伝わってきた。

かつて父も祖父も、桜小路家を憎んでいた。

それは、先祖が陥れられ、立場を取って代わられたからだ。

しかし、年月と共にその恨みは、別のものへと変わっていった。

梅咲家が大富豪になり、爵位《しゃくい》を賜《たまわ》った際、桜小路家に対する恨みは、随分《ずいぶん》薄れていたように思える。

なぜ、兄だけが、ここまで桜小路家を憎むのか。

もしかしたら、父につらくあたられたすべてを桜小路家のせいにしてしまっているのだろうか？

兄の気持ちを聞かせてほしい――。

そう思った瞬間だ。

藤馬は弾かれたように立ち上がり、自らの額に手の甲を当てて、菖蒲を見る。

「――なんだ、菖蒲はもう特別な力を使えているじゃないか」

どういうことか分からず、菖蒲は怪訝《けげん》そうに眉根を寄せる。

「今僕の心を探ろうとしただろう？　悪いけど僕も『審神者』だ、分かるんだよ。そして、読まれないよう、阻止することもできる」

兄の心を知りたい、と心の中で耳を傾けはしたが、自分でも半信半疑だった。

まさか、気取られるものだとは思わず、菖蒲は動揺し、目を泳がせた。

これが、意識と意識でつながるということなのだろうか――。

「愉快《ゆかい》ではないが、安心したよ。菖蒲、君には特別な能力がある」

藤馬はそれだけ言って、部屋を後にした。

部屋に一人残された菖蒲は、目を瞑り、千早の袖を強く握った。

5

古《いにしえ》の理《ことわり》にしたがって、鞍馬寺までは、駕籠《かご》に乗って運ばれる。

駕籠を担《かつ》ぐのは、選ばれた屈強《くっきょう》な男たちだ。『椿邸』から鞍馬寺まで、徒歩ならば、三時間近く。駕籠を担いで向かうとなれば、四時間はかかるだろう。そのため、交代要員も用意されている。

春鷹、立夏、秋成、冬生の四人は狩衣《かりぎぬ》を纏い、馬に乗って駕籠を中心に前後左右を歩き、菖蒲を護衛しながら、鞍馬寺まで連れ添う。

本当ならば、ここに藤馬も加わっているはずだったが、その姿はなかった。

通りゆく人々は、『斎王』候補が鞍馬寺に向かう様子を、熱い眼差しで眺めていた。

「菖蒲様、どうかがんばって」

という声を、駕籠の中の菖蒲は居心地の悪い思いで聞く。

菖蒲は、駕籠の中から顔を出さないようにと言われていた。

『斎王』候補だと号外が出回り、名前は公になったが、菖蒲の顔は表に出ていない。

顔を表に出すのは、『斎王』になってからだと伝えられていた。

駕籠に乗っている長い時間、菖蒲は何も話さなかった。

怒りをあらわにし、泣いている藤馬の姿が、脳裏《のうり》を離れなかった。


鞍馬寺に到着したのは、午後二時を少し過ぎたころ。

儀式は本堂にて、陰《いん》の刻《とき》に入る午後三時頃から始まるという。

まずは、寝殿《しんでん》に通され、ここで休憩することを許された。

しかし儀式に参加する『審神者』たちは、本堂で準備に入っているという。

「鞍馬寺の本堂には五人、出雲大社には六人、『審神者』が儀式に参加するんや。僕ら護衛は本堂の外にいるし、何かあったら、遠慮《えんりょ》なく声を掛けるんやで。あと、五人の『審神者』の中には、僕のじいさんもいるから安心してくれてええし」

と、春鷹が教えてくれる。

そう、立夏を含む四人の護衛が付き添ってくれる。

桂子が側にいないなか、彼らの存在は、心強くありがたかった。

菖蒲の身の周りの世話をしてくれるのは、数人の巫女《みこ》だという。

「――菖蒲様、お時間です」

寝殿で休んでいる菖蒲の許に、一人の巫女が報告にきた。

はい、と菖蒲は答えて、巫女の顔を見るなり、目を丸くした。

「撫子さん？」

撫子が、白衣に朱色の袴を纏い、微笑んでいる。

「お兄様に頼まれましたの。知った顔がいた方が心強いでしょう？」

「ええ、嬉しいです」

と、菖蒲は心から言って、笑顔を見せる。

「それでは、行ってきます」

すると撫子が、菖蒲さん、と呼び止めた。

「ずっと、お礼を言いたかったんです。私たちのお母様の肖像画を救ってくださって、ありがとうございました」

そんな、と菖蒲は首を横に振る。

「そして、こんな時に惑わせるようなことを言うのは良くない気がするのだけど……情報が間違ったままなのは、もっと良くない気がするから伝えるわね」

「……なんでしょう？」

「お兄様と千花さんは、とっくに終わっています」

えっ、と菖蒲は目を見開いた。

「千花さんにとって、お屋敷の坊ちゃんじゃなくなったお兄様には魅力がなかったようです。鉱山をお持ちの資産家とお見合いをして結婚されましたわ。幸せにしているんじゃないかしら。きっと」

そしてね、と千花は付け加える。

「離れの別邸で立夏お兄様と千花さんが、はしたなく愛し合っていたというのは、嘘なの。あれは喜一お兄様と愛人なのよ。あの時は、つい意地悪心で嫌なことを言ってごめんなさい」

思いもしなかったことに、菖蒲は何も反応できずに、撫子を見詰め返す。

「あら、信じられません？」

嘘ではないのは、伝わってくる。

思えば、違和感があったのだ。

彼は真っ直ぐで、真面目な人だ。

いくら愛し合っていても、結婚前の、しかもまだ十五歳の少女と別邸であんなことをするなんて、と信じられなかった。

そして今は、千花が側にいながら、元許嫁《いいなずけ》の護衛に立候補するなんて、と不思議だった……。

「でも、千花さんのことを聞いた時、立夏様は否定しなかったんです」

「それじゃあ、肯定はした？」

千花さんを大事にしてあげてください、と言うと彼は何かを言いかけて、くしゃくしゃと頭を掻き、こう答えた。

『僕のことは気にしなくていい。君こそ、自分の気持ちを大事にするべきだ』

「……してないです」

では、どうして、否定しなかったのだろう？

そんな疑問に浸《ひた》る間もなく、他の巫女が迎えに来たため、菖蒲は寝殿を出て、本堂へと向かった。


本堂の出入口は閉じていて、まだ日中にもかかわらず、お堂の中は真っ暗だ。

蠟燭《ろうそく》の火が揺らめいていて、床に五芒星が描かれているのが分かる。

雑面《ぞうめん》で顔を隠した五人の『審神者』は、それぞれ、五芒星の先端に座っていた。

中心に座るよう指示を受けた菖蒲は、よろしくお願いいたします、と深く頭を下げてから、中心に腰を下ろした。

「こら、随分、優しい子が来たもんやな」

「引きずり込まれるんじゃないか？」

「そうならないよう、助けるのが我々の務め」

そんな会話が耳に届き、菖蒲は返す言葉が見付からず、愛想笑いを浮かべる。

星の頂点に座る『審神者』が、では、と口を開いた。

「梅咲菖蒲殿、今からあなたが『斎王』に相応《ふさわ》しいか、出雲につどう神に問う儀式を行います。あなたは目を瞑り、我々の祝詞に耳を傾けていてください」

はい、と菖蒲は息を呑んでうなずく。

「儀式が始まると、この場は現世との境目になります。譬《たと》えて言うと、我々は水面の上にいると想像してください」

菖蒲は、素直に自分が水面の上に座ってるのを頭に思い浮かべた。

「水面そのものが現世であり、頭より上が神々の意識です。そして水の中は、集団の意識です」

「……集団の意識？」

そうです、と『審神者』はうなずく。

「我々は蓮《はす》の花のようなもの。水面に浮かびながらも、胸の内側は水の中。ですので、多くの人が怒りを覚えたら、水面は赤くなる。皆が許しの気持ちになれたら、水面は青く澄んでいきます」

話を聞きながら、世の中の移り変わりを思い浮かべた。

変化をしたくないと反対する人がいても、それよりも多くの人が望む方に水面の色は――現世は変化していくのだろう。

江戸の時代が終わり、明治の世が訪れたように……。

この世も多数決なのだろうか、と思うと、複雑な気持ちになる。

「今からの儀式で、あなたは神の意識へと上がっていくことも、水の中の人々の意識に潜《もぐ》っていくこともできる。水の中に深く潜り過ぎた場合は我々が注意いたします。その場合は、速やかに戻ってきてください。忠告を無視してしまった場合、あなたの意識が戻って来られなくなる場合もありますので」

強い口調で、釘を刺すように言われ、菖蒲は戸惑いながらうなずいた。

太鼓の音が響く。

それが合図となり、五人の『審神者』は顔を見合わせて、一斉に祝詞を唱え始めた。

菖蒲はその間、目を瞑っていた。

四隅に焚《た》きしめた香の薫《かお》りが強くなっていき、次第に目眩《めまい》を感じてきた。

天も地も分からなくなり、思わず目を開いて、床に手をつく。

掌の下は、水面となっていた。

水面の上に五芒星が描かれていて、『審神者』たちの姿は、水面に浮いているように見えた。

辺りを見ると、一面に、蓮の花が咲いている。

空は藍《あい》と青と橙《だいだい》と薄紅色が混ざり合ったような不思議であり、ゾッとするほどに美しい色をしている。

上空からも祝詞が聞こえた。

上を見ると、龍や朱雀が舞い、白虎が流れ星のように駆けている。

玄武は鎮座していて、その側に光線が六芒星を描いていた。

星の先端には、六人の『審神者』が宙に浮いた状態で祝詞を唱えている。

彼らが、出雲大社にいる『審神者』なのだろう。

これが、意識同士がつながるということ。

説明を聞いた時はまるで信じられず想像もつかなかったが、いざこの場面に立つと、ごく自然なことのように思えた。

自分はどうしたら良いのだろう？

空を仰ぎながら、心の中で問いかける。

どこからか、扇が飛んできて、水面に落ちた。

扇は、ゆっくりと水の中に沈んでいく。

水の中は、透明でありながら、ところどころ色がついていて、たくさんの人の姿が見えた。

まるで、人の世を映す鏡ようだ。

水面を覗き込んだ瞬間、水の中に入っていた。

笑い声や、泣き声や、呻《うめ》き声が、あちこちから届く。どの声も水の中のせいか、くぐもっていた。

人の姿は、浮かんでは消えていく。影だけの姿も見えた。

――あら、菖蒲さん。こんなところで、どうしたのかしら？

はっきりとした声が届き、菖蒲は驚いて顔を向ける。

蓉子が愉《たの》しげに微笑んでいた。

「蓉子さん！」

――あなたも意識の中に籠っているのかしら？

その言葉に菖蒲は、ハッとした。

蓉子は普段、ここに、意識の中に籠っているのだ。

「蓉子さんは、戻られないのですか？」

――戻っても仕方ないもの
と、蓉子は自嘲《じちょう》気味に笑い、菖蒲を見た。

――菖蒲さん、とても綺麗ね。もしかして、それは「斎王」の衣装なのかしら？

はい、と菖蒲はうなずく。

――素敵だわ。わたくしもかつては、「斎王」候補になれるかもしれない、なんて言われた時があったのよ……。けれど、結婚後、わたくしの力はどんどん薄れてしまった。どうしてなのか分からなかったけれど、ここにきた今なら分かるの。

菖蒲は何も言わずに、蓉子を見詰め返す。

――自分に嘘をつき続けていたからよ。菖蒲さんは、どうかご自分の心に正直でいて。素敵な「斎王」になってくださいね。そして、桜小路家では、たくさんつらい想いをさせてごめんなさいね。わたくしは、あなたをあの伏魔殿《ふくまでん》からすぐにでも出してあげたかったの。

蓉子はそう言って、愛しそうに菖蒲の頬に触れた。

その刹那《せつな》、彼女の掌からとても強い力が菖蒲に伝わってきて、思わず目を瞑る。

蓉子の内側にこれほどの大きな力が隠されていたなんて……。

「蓉子さん、あのっ」

目を開けると、蓉子の姿はなくなっていた。

そこから、しばらく彷徨《さまよ》うと、藤馬が頭を抱えるようにして蹲《うずくま》っている姿が見えた。

「お兄様っ！」

声を上げるも、藤馬には届いていなかった。
この意識の海の中で過ごす蓉子と、他の人物は違うのかもしれない。
藤馬に近付いていくと、彼の周りが、赤くどす黒かった。
――大切だったのに、愛していたのに。奪われてしまった。
挙句、幸せにもしてくれていない。
絶対に許せない。せめて、彼女が幸せであれば――。
そんなやりきれない想いが伝わってくる。
思えば、藤馬はかつて大切な人がいたのだ。
島から戻った時、真っ先に彼女の許に向かったと言っていた。
だが、時は既に遅く、結婚してしまっていた。
兄の心はその時の怒りとやり切れなさに支配されている。
どうしたら、良いのだろう？
そう思った時、菖蒲は再び水面の上に座っていた。
目の前に一人の『審神者』が座っている。
雑面をつけているが、年配者なのは分かった。
彼は神々しい光を纏っていて、水の中に落ちていったはずの扇を手にしている。
その扇には、見ると梅の花の模様が描かれていた。

もしかして、と菖蒲は、目の前の『審神者』を見詰めた。

「梅咲規貴《のりたか》様……ですか？」

彼は、ゆっくりとうなずく。

「お聞きしたかったのです。『人は皆平等』という規貴様のお考えに心酔した兄だったのに、どうして立場が変われば、違うことを言うのか。『平等』が神の意だというなら、なぜ、この人類は、誕生してからずっと平等ではないのか……」

必死に問うと、規貴は愉快そうに肩を揺する。

どうやら、笑っているようだ。

――失礼しました。わたしもここにきて、ようやく分かったことがあるのです。『平等であれ』というのは、社会の話ではなく、自分の心の話だと。

と、胸の内に声が届く。

「心の話とは？」

――薔薇《ばら》と菜の花は、神から見れば平等ですが、人から見ればどうでしょう？

「平等では……ないです」

――では、菜の花自身は自分が薔薇よりも劣っていると思っているでしょうか？

「いいえ、きっと、菜の花は、そんなことは気にしていないと」

――人の世界も同じなんですよ。

「そうでしょうか？」

――では、あなたは、誰もが『上の立場』と認める総理大臣になりたいと思いますか？

「いえ、なりたくないです」

――そういうことです。世の中にはそれぞれの立場、役目、仕事がある。それだけの話です。人によって上下をつけるかもしれない。ですが、自分の心は誰かの上に立っているつもりになったり、誰かの下になったりせず、平等でありなさいということです。人に差はないのですから。

立場はどうあれ、心は上下関係を作らずに、と規貴は優しく言う。

――そして人は時に、大きな役目を担うため、その原動力として『怒り』が必要な場合もあります。天がその者を成長させるために与えた修行であり、その修行を終えたらば、再び周りの景色を見渡す必要がある。ですが、その怒りにかられすぎては、景色は見えません。それどころか、自らの出した炎に焼かれて、目が見えなくなってしまいます。あなたの兄、藤馬がまさにそうです。

規清は、菖蒲の前に扇を差し出した。

菖蒲が扇を受け取った瞬間、扇の中に麒麟《きりん》の絵が浮かんだ。

「麒麟が……」

――今の世では、『麒麟』の力とは、強い特殊能力を指していますが、それとは別の、本当の力があります。あなたは『麒麟』の力の、本当の意味を知っていますか？

菖蒲は、首を横に振る。

ふふっと、規貴は笑って言う。

――『麒麟』は、王を選ぶ力を持っているのです。

菖蒲は、大きく目を見開いた。

――この儀式にやってくる『麒麟』の力を持つ『斎王』の候補者たちは、神々に選ばれて『斎王』になると思っています。そして『審神者』たちも、神に選ばれるものと信じている。が、そうではない。自らが『斎王』になるかならないか選ぶのです。

「自分で選んで、天に認められないこととは？」

――心の底からの選択は、『真《まこと》』です。逆に偽りとは、『歪み』です。菖蒲、どうか自分を偽らず、選んでください。そして誰の上にも下にもならず、しなやかに生きてください。そうしたならば、この水面がどんな色に染まっていても、自らの花を美しく咲かせることができるのです。

そう話しながら、みるみる規貴の姿が薄れていく。

——梅咲家を、藤馬をよろしくお願いいたしますよ、菖蒲。

眩《まぶ》しい光に覆われ、菖蒲は目を瞑る。

目を開けた時、元の本堂の中に座っていた。

手の中に、受け取った扇が残っていた。

菖蒲は勢いよく立ち上がって言う。

「申し訳ございません、今すぐ伝えたいことがあるのです！」

『審神者』たちは、すべてを把握しているようで、何も言わずにうなずいている。

菖蒲は閉ざされた本堂の扉を開けた。

外で待機していた、春鷹、立夏、秋成、冬生は、驚いたように振り返る。

「お願いです。わたくしを今すぐに兄の許へ連れて行っていただけないでしょうか？」

ええっ、と皆は目を丸くして、戸惑った。

「——分かった」

そんな中、いち早く立ち上がったのは、立夏だった。

すぐに馬の手綱を取り、出発の準備を整える。

菖蒲は、ありがとうございます、と祈るような気持ちで、本堂を出て、立夏の許へと駆けた。

春鷹、秋成、冬生も互いに顔を見合わせ、うん、とうなずき、自分たちも同行しよう、と馬の許へ向かう。

菖蒲が巫女たちに手伝ってもらい、立夏が乗っている馬に跨《また》ったその時、

「菖蒲さん、そのままでは目立ちすぎるわよ、これを」

撫子が、墨色の羽織を菖蒲に手渡した。

「ありがとう、撫子さん」

菖蒲は羽織を頭からかぶって、姿を隠した。

立夏は、はっ、と声を上げて、馬を走らせる。

春鷹、秋成、冬生もその後に続いていく。

鞍馬寺の本堂に残された『審神者』たちは、「こら、おもろい」と愉快そうに笑っていた。


立夏は手綱を手にしながらも、もう片方の手で菖蒲をしっかりと抱え、馬を走らせる。

菖蒲は、羽織の隙間から景色を見ていた。

道行く者たちは、驚いたように振り返っていたが、墨色の羽織をかぶっている者が、『斎王』候補などとは夢にも思っていないようだ。

急病人を運んでいると感じたようで、伝染《うつ》されては困ると、そそくさと離れていく。

菖蒲を乗せた馬は、空を飛ぶように走り、御所東側の『椿邸』に到着した。

立夏はすみやかに下馬し、菖蒲の手を取る。

菖蒲は、立夏に支えられて馬を降り、『椿邸』に足を踏み入れた。

「お兄様！」

邸の縁側でぼんやりと庭を眺めていた藤馬は、突然訪れた菖蒲の姿に、虚を衝かれたようだ。大きく目を剝いて、菖蒲を見やる。

「――菖蒲、一体どうして……」

兄が何か言う前に、菖蒲は声を張り上げる。

「お兄様、今すぐに迎えに行ってください」

「迎えに……？」

「蓉子さんのところです」

菖蒲が強い口調で言うと、藤馬は動きを止めた。

「何を言っているんだ……？」

「お兄様が想ってらした方は、蓉子さんなのでしょう？」

そう続けると、藤馬は顔を歪ませた。

兄は、愛しい人を、花に譬えていた。

美しく凛とした百合の花のような人だったと——。

立夏の『月光』の演奏を聴き、春鷹はこう言った。

『あらためて聴くと、まるで、あなたのための曲のようやないですか、藤馬はん』

あの言葉を思い出し、技芸の勉強の時間、立夏に聞いたのだ。

ピアノソナタ十四番『月光』には、どんな背景があるのかと。

立夏は、こう答えた。

『あの曲は、ベートーベンが、伯爵令嬢への想いを込めた曲なんだ。二人は惹かれ合っていたが、境遇の差から愛し合うことが許されず、結ばれなかったそうだ』

本堂で、蓉子と藤馬の意識に触れたことで、点と点が線で結ばれた。

分かってしまった。

——蓉子なのだ。

だから、藤馬は、桜小路家をあれほどまでに憎んでいる。

そして、そんな兄が今も動けずにいる理由は、菖蒲にはよく分かった。

菖蒲自身、同じような事実が、自分の心の楔《くさび》になっていたからだ。

だが、その楔は、撫子のたった一言で外され、傷痕には希望の光が差し込んでいる。

「蓉子さんは、今桜小路家ではなく療養施設にいます」

藤馬は何も言わなかった。彼女が療養施設にいることは知っていたようだ。

「どうか、お兄様があの方を、鞍馬までお連れくださいませ。なるべく急いで」

藤馬は、はっ？　と眉間に皺を寄せた。

「何を言っているのか分からない」

「儀式を経て、分かったのです。彼女――蓉子さんこそ、『斎王』の器です」

あの不思議な空間で、梅咲規貴に麒麟の力について教わった言葉が頭に響く。

――『麒麟』は、王を選ぶ力を持っている。

自分の中の『麒麟』の力が、『斎王』は彼女だと叫んでいる。

ランタンの火で、桜小路家があれほどまでに炎上したのも、それでいて、死傷者が出なかったのも、蓉子の力がなせる業《わざ》だったのだ。

自分は彼女を再び引き上げるために遣わされた存在なのだ。

藤馬も『審神者』、それが偽りや、世迷言《よまいごと》ではないことが伝わったようだ。しばし呆然としていたが、それならば、と部屋の外で待機している立夏に目を向ける。

「そこにいる彼女の義弟が、彼女を迎えに行って鞍馬山へお連れすればいい。僕には関係のない話だ」

「蓉子さんは、深い意識の底にいます。あの方を引き上げられるのは、お兄様にしかできません」

そうです、と立夏が話を引き継ぐ。

「今は自分も、蓉子さんとは関係のない人間になりました。これはまだ公にはなっていませんが、兄と蓉子さんは別れて、彼女は今、旧姓の綾小路《あやのこうじ》に戻っています」

え……、と藤馬は目を見開いた。

「桜小路喜一と離縁を？」

そう、これこそが、大きな楔。もしかしたら、梅咲家に伝わる資質なのかもしれない。『他の者と契約を交わした方』には手出しはできない、と心から思っている。

「どうか、蓉子さんを……！」

きっとこの時を逃したなら、彼女は二度とあの水の底から上がってこないだろう。

今は、瀬戸際なのだ。

お願いします、と菖蒲は胸の前で手を組み合わせる。

「菖蒲は、鞍馬に戻っていなさい」

そう言って、藤馬は部屋の外に出て行こうとする。

菖蒲が青褪《あおざ》めたその時、藤馬は足を止めて振り返った。

「必ず、彼女を連れて行くから、先に行って鞍馬で待っていなさい」

菖蒲は瞬時に顔を明るくして、「はいっ」とうなずき、颯爽《さっそう》と邸を出て行く藤馬の背中を見送った。

6

そうして、怒濤《どとう》の一日が過ぎ、儀式を終えて、朝を迎えた。

まだ、陽が昇って間もない、早朝。

菖蒲は駕籠に乗って、ひっそりと鞍馬寺を後にする。鞍馬山を下り、広い通りへ出る直前に、一台の車が駕籠の前に立ち塞《ふさ》がる。

車から出てきたのは、梅咲耕造だった。

「菖蒲、香純が大変なんだ。今すぐ車へ！」

と、必死な様子で言う。

春鷹、秋成、冬生たち護衛は目配せをして、担ぎ手に駕籠を下ろすよう指示をする。

駕籠の中から出てきた菖蒲を見て、耕造は頰を紅潮《こうちょう》させながら、車のドアを開けた。

「さあ、乗りなさい」

菖蒲は皆に向かって一礼をしてから、車に乗り込む。

耕造は運転手に向かって、やってくれ、と声を上げ、菖蒲を見る。

「『斎王』の衣装は素晴らしいな。ところで、立夏君の姿がなかったようだが？」

「立夏様は、ご自分のお仕事があると……」

そうかそうか、と耕造は上機嫌《じょうきげん》で相槌をうつ。

「お母様はどうなさったのでしょう？」

「実は何でもなくてね。ちょっとおまえと話したかったのだ」

「そうだと思っていましたが、そんなことでお母様の名前を出さないでほしいです」

ぴしゃりと言った菖蒲の思わぬ迫力に、耕造は驚いたような目を向ける。

「いや、やはり、『斎王』になると風格が出るものだな……もうすぐ、『斎王決定』の号外が出るのだろう？」

はい、と菖蒲は微笑む。

車は丸太町通《まるたまち》をまっすぐ西へと進み、嵐山へと入っていく。

桜小路家の敷地内に入り、耕造は車を降りて、立ち尽くす。

「どうしたというんだ、これは……」

屋敷の周りを警察が取り囲んでいたのだ。

警察と話をしている立夏の姿、警官に取り押さえられている喜一の姿も目に入る。

耕造は何が起こったか分からず、目を丸くして、周囲を見回す。

「菖蒲、おまえはどういうことか知っているのか？」

耕造は、菖蒲の両肩をつかんで訊ねる。

すると立夏が歩み寄ってきて、会釈した。

「行方不明だった父・桜小路喜慶《よしのぶ》が見付かったんです」

「おお、それは良かった……」

「兄・喜一の手によって、この屋敷の地下で監禁《かんきん》されていたのです。父は阿片《あへん》中毒で、廃人寸前でした。その阿片も兄が手に入れて、父に与えていたものだと分かりました。これで、桜小路家もおしまいです。あなたのお力になれず、申し訳ございません」

そう言って立夏は、深く頭を下げる。

耕造は呆然としたが、我に返ったように、菖蒲を見た。

「いや、だが、こうして、菖蒲さえ手に入れてしまえば、もう藤馬の好きには……」

いいえ、と菖蒲は申し訳なさそうに、首を横に振る。

「申し訳ございません、お父様。わたくしは、『斎王』にはなれませんでした」

次の瞬間、敷地の外から、号外の声が響く。

警官たちが号外を受け取り、わっ、と声を上げたのが分かった。

「『斎王』が決定したそうだ！」

その言葉を耳にして、耕造はホッと表情を緩ませる。

「まったく、菖蒲もつまらない冗談で父を驚かすのは……」

「なんと、綾小路蓉子様だそうだ！」

すぐに続けられた言葉に、耕造は動きを止めた。

警官に捕らえられていた喜一も仰天したように、はあ？　と声を裏返す。

「お、おい、まて、蓉子が『斎王』って嘘だろ？　あいつはもう力がなくなったうえ、火事の後は錯乱《さくらん》した役立たずなんだ。新たな『斎王』は菖蒲さんのはずだ」

納得できないと声を上げている喜一の前まで行き、菖蒲は答えた。

「間違いないです。『斎王』に認定されたのは、わたしではなく、蓉子さんです」

「そんな、嘘だろ？」

と、喜一は目を剝いて、空を舞っている号外をはぎ取るようにつかむ。

記事を見て、脱力したように、その場に膝をつく。

菖蒲は、そんな喜一を見下ろしながら、昨日の出来事を振り返った。

＊

蓉子を迎えに行った藤馬の後ろ姿を見送りながら、菖蒲が胸を熱くしていると、立夏が申し訳なさそうに言った。

『鞍馬へは、春鷹たちと戻っていてくれないか』

『立夏様は？』

『僕には、しなければならないことがある』

その時、立夏は、菖蒲の父たちの計画を教えてくれた。

下山した菖蒲を捕えて、監禁する算段だという。

『僕は元々、君を鞍馬まで送った後、下山して兄の悪事を暴く準備をするつもりだったんだ』

自分がいない間、せめてという思いで、撫子に世話役を頼んだという。

立夏は、すでに決意を固めているようだ。

『……ご自分のお兄様の罪を暴くのは、おつらくはありませんか？』

『胸は少しも痛まない。兄は君を監禁した際、阿片を用いて自分の意のままにしようと考えていたくらいだ。そんな者に情は必要ない』

と、強い口調で言う。

『これまで、兄の悪事に薄々気付きながらも、関わりたくないと見て見ぬを振りをしてきた。だが今は違う。自分も桜小路家の人間としてしっかり向き合わなくてはならない』

立夏は、菖蒲を見詰めて、ふっ、と口角を上げた。

『君が、僕を変えてくれた』

ありがとう、と礼を言って、立夏も『椿邸』を後にした。

＊

そうして、今に至る。

――父・梅咲耕造は梅咲家の当主に戻る可能性が断たれ、桜小路喜一は逮捕されてすべてを失った。

これこそ、歪んだやり方を続けた結果なのだろう。

菖蒲は、複雑な心境で父と喜一の姿を眺め、その喧騒《けんそう》から逃れるように、庭の奥へと歩みを進める。

やはり、『朱雀』の力が強い桜小路家だ。

嵐山の別荘の庭も、紅葉《もみじ》と銀杏《いちょう》、そして石庭《せきてい》の配置が絶妙であり、侘《わ》びさびを感じさせる美しさだ。

季節外れの百合の花が目に入り、菖蒲は口許を綻《ほころ》ばせた。

藤馬と蓉子の様子を思い出したからだ。

昨日、鞍馬寺に戻った菖蒲は、本堂で二人が来るのを待っていた。

菖蒲が目を瞑って祈禱をしていると、頭の中に、光景が浮かんできた。


――藤馬が緊張の面持ちで、療養施設の敷地内を歩いている。

蓉子は、ぼんやりと椅子に座って空を眺めていた。

藤馬が蓉子の背中に声を掛けるも、蓉子は動かない。だが、少しの間の後、ぴくりと肩が震えた。もしかして、という様子で振り返る。

『蓉子さん、僕です』

蓉子は、藤馬を見るなり、大きく目を見開いた。

藤馬は目に涙を滲《にじ》ませて、はにかむ。

『随分、遅くなってしまいまして、すみません』

そう言って、蓉子の前に跪《ひざまず》くようにして、手を差し伸べた。

『どうか、もう一度、あなたの手を取ることを許してもらえるでしょうか？』

『藤馬さん……』
呆然としていた蓉子だが、ややあって、そっとうなずき、藤馬の手を取った。
その後はまるで、外国の童話のようだった。
藤馬は蓉子の体を抱き上げて、略奪するかのように療養施設を出たのだ。
そうして、二人は鞍馬寺にやってきた。
あの時の幸せそうな藤馬と蓉子の顔を思い出しては、頬が緩む。
その後、儀式を経て『斎王』となった蓉子は、美しく、威風堂々としていた。
彼女を選んだ自分が誇らしかった。
相応しい王を選ぶ。これこそが、『麒麟』としての幸せなのだろう。
しみじみしていると、立夏の声がした。
「菖蒲さん。ここで何を？」
「立夏様……」
庭を眺めておりました、と菖蒲は呟く。
自分はもう、『斎王』候補ではなくなり、護衛は必要ない。
これで、立夏との縁も断たれてしまうかもしれないのだ。
立夏は、菖蒲の隣に立ち、共に庭を眺めた。
ややあって、立夏はぽつりと口を開いた。

「僕は一人になってから何度も時を戻せたらと考えたことがある。今の心のまま、君と初めて出会った、あの春の庭に戻れたら、僕は君を傷付けず、その手を取れたのだろうかと……」

桜小路家の庭で出会った夜を思い返し、菖蒲の胸が締め付けられた。

「だが、今は、あの時あのまま伏魔殿と化した家に君を招かなくて良かったと思っている。君を傷付けたことは、今も胸が痛いのだけど……」

菖蒲が何も言えずにいると、立夏は話を続けた。

「僕はこれから桜小路家の膿《うみ》をすべて出し、自分の人生を含めて、立て直しに入ろうと思っている。今の僕の目標は、いずれ、微力でも梅咲家の補佐を務められるようになることかな」

「微力だなんて……とても心強いです」

菖蒲がそう答えると、それで、と立夏は言いにくそうに、目を伏せた。

「こんなことを言う権利はないと、重々承知のうえなのだが、もし許されるなら、もう一度、君に会いたいと願っている。あの桜の庭ですべてをやり直せたらと……来年の春、僕は勝手にあの庭で君を待っていたいと……」

菖蒲が何かを言おうとすると、立夏は手を上げて、それを制した。

「もう僕には会いたくないと思っていたり、その時既に大切な人ができていたら、今の言葉は忘れてほしい。それは、僕のためにもだ」

菖蒲は小さく笑って、立夏を見上げた。

「会いに行きます」

えっ、と立夏は驚いたように、目を瞬かせる。

「来年の春の話だ。その時には気持ちは変わっているかもしれない。何しろ君の周りには、素敵な人が……」

菖蒲は首を横に振った。

「来年でも、再来年でも、わたしは会いに行きたいのです」

もう、何度も諦めようと思った。報われない相手だと。

どうしても無理だった。それは理屈ではなく、やはり自分は彼が好きなのだ。そんな自分の心を無視して、誰かと添おうとするのは、歪みを生むのだろう。

何も言えずにいる立夏を前に、菖蒲はそっと口を開く。

「春風の花を散らすと見る夢は……」

立夏は息を呑み、ふっ、と笑って、続きを答える。

「……さめても胸のさわぐなりけり」

二人は少しの間、見詰め合う。

立夏は意を決したように口を開く。

「僕は、君が好きだ」

わたしもです、と菖蒲は答えて、目を伏せる。うっ、と涙が零れ落ちた。

「ずっとずっと……お慕いしておりました、立夏様」

立夏は堪えきれなくなったように、菖蒲を強く抱き締める。

「僕もだ。こんなに愛しい君を傷付けた自分をどれだけ責めたか。許される立場ではないと思いながら、ずっと君をこうして、抱き締めたかった」

「立夏様……」

菖蒲は、まるで迷子だった子どもがようやく親を見つけたかのように、泣きじゃくってしがみつく。

濡れた頬に手を添えて、涙を浮かべた瞳が見つめ返す中、立夏はゆっくりと唇を落とした。

交わされる口づけに、風の音が響く。

春風の花を散らすと見る夢はさめても胸のさわぐなりけり。

西行法師《さいぎょうほうし》の詠《うた》ったこの歌は、『桜が花びらを散らす夢を見る。それは、目覚めた今も胸を騒がせている』というもの。

あの時も思ったことだ。

――その夢はきっと、この光景のように幻想的だったに違いない。

菖蒲は今もこれが現実と信じきれぬまま、熱い想いに身を焦《こ》がしつつ、立夏の胸にそっと寄り添う。

これは、紆余曲折《うよきょくせつ》を経て、愛しい方と手を取り合えた、わたしの小さな恋の物語。

あとがき

PHP文芸文庫、初刊行となります。はじめまして、望月麻衣《もちづきまい》です。

この作品の制作秘話をお伝えしたいと思います。

元々、今作はWEBに掲載していた作品（現在非公開）です。作品を読んでくださったPHP研究所の編集者が、「ぜひ、書籍に」と、お声を掛けてくださいました。

しかし、その作品、本にするには圧倒的に文章量が足りず、大幅な加筆が必要でした。

新たに世界観を構築しなければならない、と考えていた時のことです。

賀茂県主族《かもあがたぬしぞく》の末裔《まつえい》で、現在上賀茂《かみがも》神社・社家《しやけ》にお住いの、学者の梅辻諄《うめつじじゅん》先生を取材する機会に恵まれました。

その際、先祖に江戸時代に梅辻規清《のりきよ》という人物がいると教えていただきました。

彼は天文、暦学《れきがく》、神道《しんとう》、陽明学《ようめいがく》に明るい学者であり、賀茂家に伝わる『烏伝神道』を独自の解釈で分かりやすく説いていたところ、幕府に疎《うと》まれ、流刑《るけい》になってしまったと。そして、こう言っていただけたのです。

『ぜひ、梅辻規清のことを小説に書いていただけないでしょうか』

大変光栄なお申し出です。

しかし、私には、梅辻規清の人生を描く、勇気と力量はありませんでした。

ですが、いただいた資料を読ませていただいたところ、大変興味深く、間接的にでも梅辻規清という人物を知ってもらいたい、という気持ちになったのです。

とはいえ、解釈違いもあるでしょう。『梅辻規清』と、そのままのお名前を使うのは躊躇《ためら》われ、『梅咲規貴《のりたか》』と変えさせていただきました。

そうして、この作品、『京都 梅咲菖蒲の嫁ぎ先』が、誕生しました。

梅辻諄先生、本当にありがとうございました。


元の作品からガラリと変わり、大正時代の京都を舞台にしたドラマチックな作品になったのではと、私自身は嬉しく思っています。

最後に、この場をお借りして、素敵なイラストを手掛けてくださった久賀《くが》フーナ先生、担当編集者、私と本作品を取り巻く、すべてのご縁に、心より感謝とお礼を申し上げます。

本当に、ありがとうございました。

望月麻衣

参考文献

『世界文化遺産　賀茂御祖神社：下鴨神社のすべて』賀茂御祖神社編　淡交社
『梅辻規清伝記資料』荻原稔編
『安倍晴明と陰陽道』　長谷川卓＋冬木亮子　ワニのＮＥＷ新書
『陰陽五行と日本の民俗』吉野裕子　人文書院
『安倍晴明読本』豊嶋泰國　原書房
『暦と占いの科学』永田久　新潮選書
『平安貴族の生活』有精堂編集部編　有精堂

この作品は、小説投稿サイト「エブリスタ」の投稿作品「花散る桜の園」を改題し大幅に加筆・修正したものです。

目次デザイン：長﨑 綾（next door design）

著者紹介

望月麻衣（もちづき　まい）

北海道出身、現在は京都在住。2013年にエブリスタ主催第二回電子書籍大賞を受賞し、デビュー。2016年「京都寺町三条のホームズ」で第４回京都本大賞を受賞。「京都寺町三条のホームズ」「京洛の森のアリス」「わが家は祇園の拝み屋さん」「満月珈琲店の星詠み」「京都船岡山アストロロジー」シリーズなど著書多数。

ＰＨＰ文芸文庫　京都 梅咲菖蒲《うめさきあやめ》の嫁ぎ先

2023年５月22日　第１版第１刷

著　者　望　月　麻　衣
発行者　永　田　貴　之
発行所　株式会社ＰＨＰ研究所
東京本部　〒135-8137　江東区豊洲5-6-52
文化事業部　☎03-3520-9620（編集）
普及部　☎03-3520-9630（販売）
京都本部　〒601-8411　京都市南区西九条北ノ内町11

PHP INTERFACE　https://www.php.co.jp/

組　版　株式会社PHPエディターズ・グループ
印刷所　図書印刷株式会社
製本所　東京美術紙工協業組合

ISBN978-4-569-90314-9

PHP文芸文庫

第7回京都本大賞受賞の人気シリーズ

京都府警あやかし課の事件簿〜7

天花寺さやか 著

人外を取り締まる警察組織、あやかし課。新人女性隊員・大にはある重大な秘密があって……？　不思議な縁が織りなす京都あやかしロマンシリーズ。

PHP文芸文庫

猫を処方いたします。

石田 祥 著

怪しげなメンタルクリニックで処方されたのは、薬ではなく猫⁉ 京都を舞台に人と猫の絆を描く、もふもふハートフルストーリー！